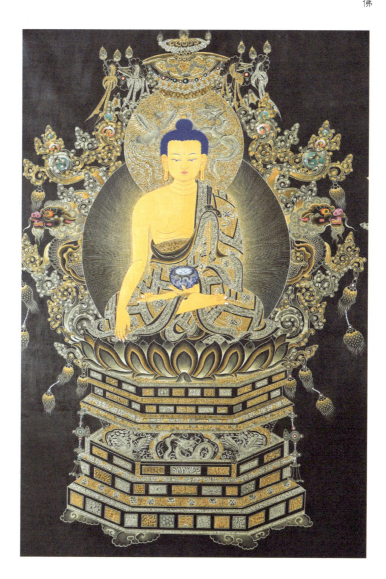

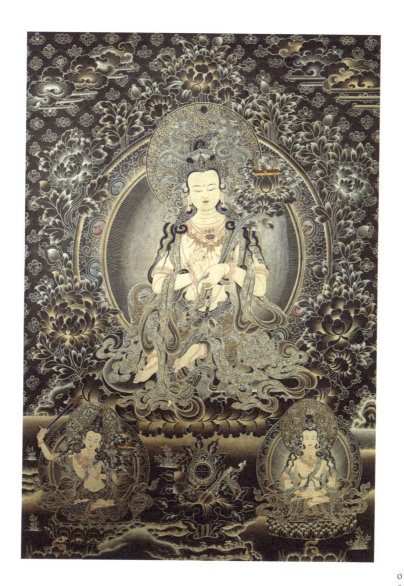

绿度母，
莲花的泪，
无量无边

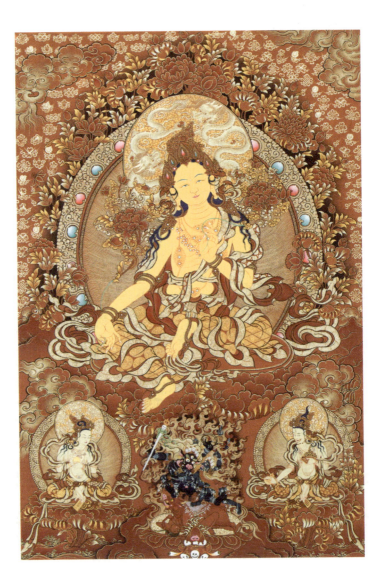

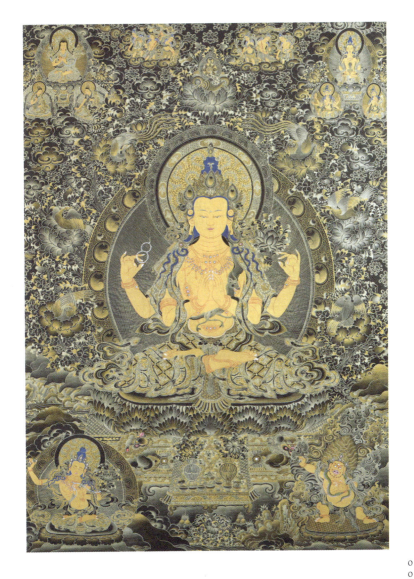

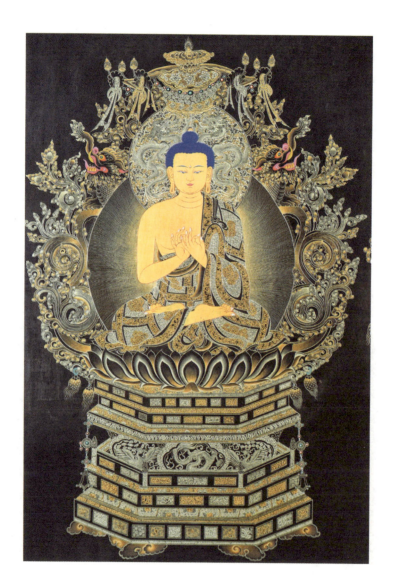

大日如来
真理在身，
太阳为喻

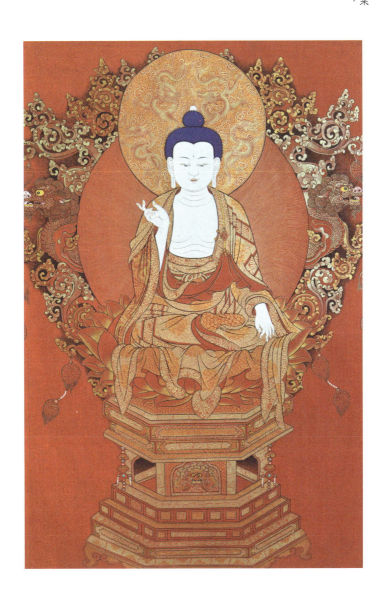

大势至菩萨
智能之光，
遍照世间

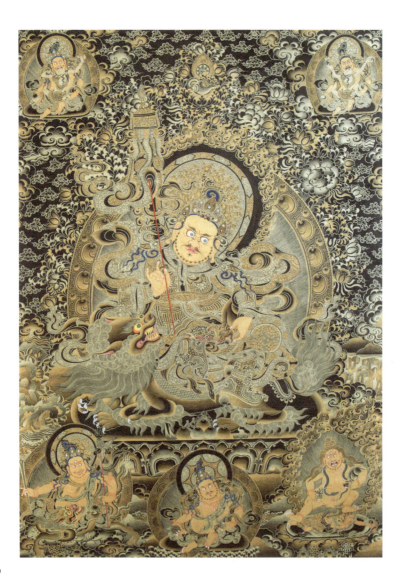

黄财神
宝光照亮,
衣食无忧

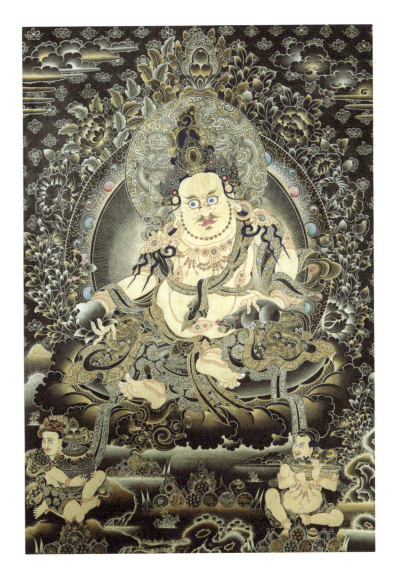

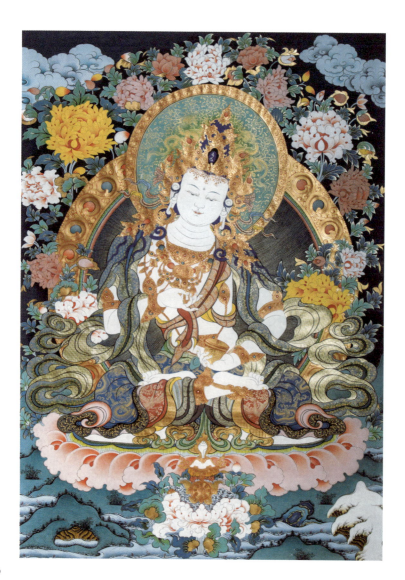

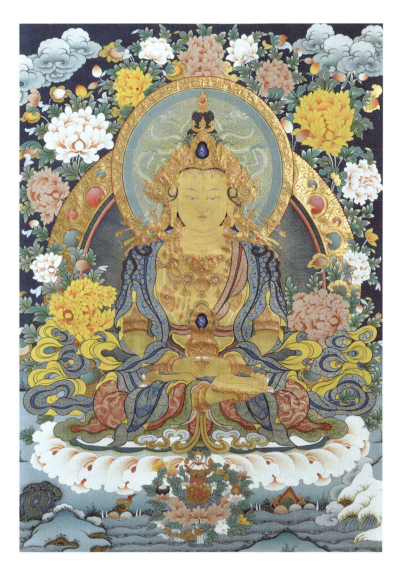

藏地孤旅
Solitary Journey to Tibet

凌仕江 / 著

中国旅游出版社

无限之光照彻苍茫

巴尔蒙特说，为了看看阳光，我来到这世上。

我想说，为了念想阳光，我一次次离开西藏。

一个人，之所以持续不断地念想一个阳光从不失约的地方，除了证明那里阳光十分充沛，且值得人信赖，还因为他体内需要储备更多阳光。甚至，他对这个地方已远远超越他对原生故乡的念想。

之于生理，一切的储备都是最好的释放。每次离开，送别的阳光总是提前到来，仿佛昆虫脱壳，带走或留下的，皆是生命蜕变的碎屑。

心里阴暗的人，即使踮起脚尖，站在铺满阳光的大地上，他也够不着阳光的影子。

在每一天阳光乍泄的地方，所有的生命都在风声里低姿匍匐，包括退步翻滚的乌云，大鹰上升的翅膀，白塔里穿越千年万年的桑烟，以及金边闪亮的雪峰云朵，每时每刻，所有阳光下舞蹈的光芒，都来自星球尘埃——

它们在慈悲的目光里，生生不息。

我愿意用一生相信，高地万物和阳光一样被神加持、温暖。

这一生的持续、一世的沉浸，抵达或离去者，在我看来都拥有富足饱满的幸福。

正如画师将生命般的情感，注入一件唐卡作品的骨肉，他不仅需要制作画布、学习打稿、熟悉颜料的特性和研磨制作、着色、勾线、拉金，更为重要的是在绘制唐卡的过程中，他随时需要在佛的身影里反观自身，发现障碍，消除障碍……

这本书寻找唐卡插画，颇费周折。最早西藏山南的友人介绍过一位当地的著名唐卡画师，无奈在交流的过程中，他的汉语能力极为受限，加之他的唐卡作品多为巨幅，摄影效果不够完美，最终只好被迫放弃。后来，拉萨的朋友又介绍了几位在业界成就斐然的唐卡画师，就他们提供的作品而言，无疑是上乘之作，只是它们与此书的机缘未到。这件事让我意识到，唐卡的绘制宛如在浩瀚的时间里建造一座宫殿般工序繁复，唐卡的魅力也正在于此，而画者之心与无限光明彼此共修的生生不息，所抵达的艺术之境界，更需要缘分的等待。

庚子年飘雪的冬日，我在微信上与诗人尚蓉谈起这本书想与唐卡元素相融合的设计构想，很快她便将一位认识多年的青海热贡唐卡画师夏吾扎西引荐给我。看了夏吾扎西发来的唐卡作品，我顿觉他与此书的机缘恰到好处，更为惊叹的是，他年轻的悟性与画中的娑婆世界，在佛菩萨的眼里，或许早已种下与该书内容不谋而合的契机。

真正的写作，不亚于一场战争，总有一些充满毒瘤的汉字，被阳光的力量撞击、弄死，或洞穿。这是庚子十月快要结束的一天，在北方的宴席上，我接住他人酒杯里砸过来的精彩句子。

比起唐卡画师手中放射的柔软光线，和唐卡中令人敬畏的光芒力大的各路性灵菩萨，显然，这是一个诗人的弄词状态。他想看到一个初涉北方大地的南方人，会以怎样的语境承接他的北方表达。

那一刻，我的笑容，像是喝了一杯烈性的酒。

窗外，行道上焦黄的树叶尚未落净，头裹花布的女人，怀抱大葱，步履沉笨，一路上冒出来的温泉酒店无人问津，城郭萧萧之外，茫茫无尽的玉米田，在阳光落地的视野里，辽阔着瑟瑟的辽阔，无处不在的枯萎，呈现收秋与储冬的琐碎。

如何让一个死去的词汇，从一粒硝烟里苏醒过来，思想的子弹便是他有效的解药。其实，写到这里，我想表达持续的地域性写作，之于个人常常犹如在往事浸渍的大海里捞一根针。它的难度在于情义的取舍。那位坐在轮椅上的中老年男子，听了我的表达，对"苏醒"二字充满了敬畏。他双手抱拳，满心欢喜，百感交集，昂着头不停地向每一个方向微笑，仿佛他的全部已被阳光带走。

在场者纷纷替他解释，说他因身体原因，不能站起来与我碰杯。他伸出长长的手臂，举起高高的酒杯，对一个词表达出的敬意，让我提前看见了追光者的幸福。

我用"苏醒"的目光，注视他儒雅的表情，这穿过阳光的酒杯之旅，让南北的落叶找到了共同的属性，因为阳光。

我们反省一下自己，在生活中，有多少属于个人生命记忆的词或句，被长久忽略或遗忘，就像不请自来的阳光，常常被当作廉价的产物。而对于一个从阳光不发达地带出发的人，在极不稀缺阳光的北方，见到内心住着阳光的北方人，这多少有些眼睛渴望与眼睛重逢的喜悦。要知道，在烟雾重重胜于遍地阳光的难挨日子里，人们因身体缺少阳光的照晒，常常把阳光的莅临，当作节日的礼物，甚至不吝牺牲大把大把的花椒和辣椒，搞一顿火锅庆贺。

我是个需要很多爱的人。

爱，是精神明亮的阳光。

《藏地孤旅》背后，我试图用尽所有的光，去加持过往和未来残缺的全部，让记忆脱落的光，重新回到本来面目，让历经者的灵魂被光照亮，我渴望生命里生长出新的阳光，为你抵挡旧的风霜。好比此时我在夏吾扎西的唐卡作品里看到无处不在的阳光。

阳光的诱惑还将继续……

《藏地孤旅》称得上我人生阶梯的重要作品。在这个生命降生的第一瞬间，它最先普照的就是雪地上的灵魂，在每一个阳光乍泄的地方，在能进入任何生命缝隙的光阴里，希望暖阳佑你周全，愿有缘人带着它上路，愿无限之光照彻苍茫。

2020 年 11 月 4 日于藏朵舍

2021 年 1 月 28 日改毕

目录
Contents

图片摄影：张恒

川藏线上

Chuan Zang
Xian Shang

卖松茸的女人

　　许多年后，我又回了江南林芝。像一个找魂的旅人，这次省去了长途跋涉坐车的疲惫，而是直接轻松地从成都飞到米林，时间锁定在一个多钟头。

　　雅鲁藏布的水如原浆流过荒原，仿佛一匹匹没长脸的兽，在空气中向着太阳升腾。山冈上的雪和树，掩藏了无限的寂静，任由长了脚的风在天地间不受任何约束地穿梭。那些躲在高处的生命，有没有发现一个似曾相识的影子，掠过它们的视野？我戴上墨镜，侧过身子，将头支出车窗，看见奔流的江水试图抓住时间的把柄，可时间的无情成了几只长脖子鸟嘲笑江水的冲动。

　　不悔梦归处，只恨太匆匆。

　　与其说是来采风，不如说重归故里。青春筑梦的地方，于我远胜故乡落在肉体上的胎记。如果说故乡是少年脱壳的地方，那么眼前的江南则是青春插上羽毛，伤口里装满了雪和血的刻骨记忆。

　　遇雨雾迷蒙，一个人宿在酒店写作，忽然要被当地朋友拉到菜市场。很不适应，但朋友声称，菜市场才是最能反映当地民情之地。于是，我们打的来到庞大的菜市场。

眼下七八月，正是林芝各种菌类药食新鲜上市的季节，藏族人从森林与山冈采摘来的青岗菌、灵芝、手掌生、雪莲、玛卡等遍街都是。他们微笑着蹲在各自的摊位，迎候顾客如盼远道的客人。穿过琳琅满目的集市，在一排杂乱的三轮车前拐了一个弯，朋友忽然在一个藏族女人面前蹲了下来。

原来她被眼前胖嘟嘟的松茸吸引了。

面对散发着泥土清香的松茸，那个长辫子藏族女人说，这些都是她冒着大雨，到山上采摘的。女人用手不停地呵护着塑料袋子里的松茸，生怕长了翅膀的风、空气、阳光，或苍蝇跑进口袋，催老了她的松茸。她看松茸的眼神总是嫩嫩的，而所有翅膀的欲望都迫切刺破她眼里忧伤的防线，她双手紧紧地呵护着那个塑料袋子，甚至带有一种村庄人对家乡食物特殊的怜惜。

朋友还女人松茸价钱，女人的手影在空气中绽放五个指头，她用表情强烈地捍卫自己不变的守候，那意思少了一分钱也不卖。女人的犹豫与矜持，表明她不是生意人，她不能对不起一个村庄女人从高高山上采来的这些松茸。她不断重复着收购松茸的贩子给她高价，她不愿她的松茸远走他乡，更不愿这比鸡肉更味美的松茸跑进那些外国人嘴巴里去。她的汉语还不够流利，这暴露出她面对太多买主挑剔而产生的话少表现。她拒绝用太多语言讨价还价，好比她担忧松茸的营养无谓流失，这不是她的强项，她坐立不安地挤出了两个字——不卖。

当我们决定买下女人的松茸，女人满心欢喜又紧张。她的眼睛闪着喜悦的光芒，如长短不一的箭射向周围的人群，她不知如何是好地在人群中转了几个圈，她在急切地搜寻，可分明又带着几分迟疑，她终于想起要去找铺子里的汉族妇人，帮她过秤。女人始终不肯相信汉族妇人报的斤两，她还要去别的铺子找人替她的松茸过秤。她的举动，引得为她过秤的汉族妇人甩了她一眼：随便你到哪里称，是好多就是好多！

于是，她不声不吭地又换了一个地方过秤，结果秤不多也不少。可是女人依然不肯信，她突然有些急促不安，踮起脚尖在人群中到处张望，她坚决要去找她的藏族老乡帮她过秤。就在此刻，刚为她过秤的汉族妇人伸出大手一把拉住了她：你对人如此不放心，人家不买你的松茸了。

女人听了，赶紧双手护住松茸，生怕它们在塑料袋里浑身长满翅膀。她一言不发地望着汉族妇人，眼神里挤满了太多不安。

而此刻，朋友已为女人口头算好松茸的价钱。女人听到朋友报的数，急得从地面上跳了起来——不是，不是这么多。替她过秤的汉族妇人找我们问明情况，在计算器上平静地打出一个数字。女人终于释然，站在一旁，面带笑意，数着纸币，什么也不说。

朋友打开买下的松茸，拿起一支，闻了又闻，然后放在手里仔细端详：哎，你这些松茸，不是上品呀，你看都开花了。

　　卖松茸的女人急了，双手一把抱回松茸，她难过的声音仿佛是在维护自己的贞洁：没有开花，没有开花，我采摘的松茸没有开花，我的松茸不开花……

光盘男孩

　　我是在墨脱的密林中撞见男孩的，当时一群大大小小的牦牛摇着铃铛，唱着歌儿正穿过一片斜阳染红的山坡。一身迷彩服的男孩，戴红色臂章，绕过树荫笼盖的小道，便止步于牦牛面前。他几次想要突围前进，可牦牛已占据他的去路，甚至就要将他团团围住。

　　他一步步怯生生地退去……

　　男孩身高一米八几，是刚结束高考的毕业生。他拿到长沙某大学的录取通知书后，独自骑行川藏线。从四川内江资中出发，经雅安、康定，几经辗转，到了波密。与他同行的还有一位军校生和一位大学生。当他们径直向着拉萨奔去时，男孩停在波密一个人看冰川、等日出，然后拐道来到墨脱。

　　在墨脱的许多地方，男孩都选择徒步。

　　去仁青崩寺的路特别难走，我们被雇的司机送到巴日村后，就只好下车步行了。天色泛青，下午四点刚过，太阳时而从树木间跳出的光芒，仍然威力无减。林间的崎岖小路，布满泥泞，坎坷而潮湿。树叶间藏匿的各种鸟鸣，在天光的变化中，陡添了一些恐怖气氛，让同行的拉萨女诗人阿陌不断发出招魂般的尖叫声。尤其是在你集中精力赶路埋头上坡时，树林里忽然蹿出的一只珍稀动物，很可能会让你一时半会儿叫不出它的名字，只觉得毛骨悚然，因为它鼓着盛气凌人的大眼睛已经看你很不顺眼了。在你毫无退路的情况下，蚂蟥也就在此刻成了你脚下或头上嚣张的神秘杀手。

"我脚上钻进一条大蚂蟥了！"

男孩说的第一句话，顿时让我们停下了脚步。他正躬着腰，手上拿一根树棍，心惊胆战地处理脚上的蚂蟥。要是没遇到挡路的牦牛，他一定用飞奔的速度下山，根本没时间停下来解决蚂蟥问题。

"仁青崩寺还远吗？"我并没有关心男孩蚂蟥的事。

"远着呢，至少还得走两小时。下山吧，别去了，那里没啥好看的，一个僧人也没有。"

"不，仁青崩寺可是墨脱历史上修建最早的寺院，而且属于宁玛派，莲花生大师在藏传佛教中地位极高。"阿陌对男孩说。

"来了墨脱，这个遗憾不能留呀。你下山到墨脱，也要走到天黑，不如跟着我们再上一次山，下来时可以坐我们雇的车。"

男孩听了我的话，欣然允诺。

当我们曲曲折折地攀上山腰，望见仁青崩寺的影子，停下拍照时，不幸的事情发生了。空中神秘飞行物的突然袭击，导致三个已经累得挪不动步子的人，忽然不要命地跑得飞了起来。我的鞋子、帽子甚至手机上都奇迹般出现了又粗又肥的菜花蚂蟥，比蚕子的身型要长几倍。男孩替我找来一根干枯的树枝，将它从我裤腿上一条条挑出来，狠狠摔在地上。看着它们进攻失败的表情，我长长地松了口气，算是逃过一劫。而一旁的阿陌，早已双手抱头吓得语无伦次，脸青了又白。

带着惶恐，我们就这样一步步抵达云雾深锁的仁青崩寺。

上午的寺里空无一人，而这次男孩与我们见到了寺里一位年轻的喇嘛，他总算露出简单的微笑，不虚此行。仁青崩寺，被森林覆盖的大山包裹着，云朵与经幡的缠绕，让一座小小的寺，在山峰与树影之间，看上去比天空更遥远。我们几人在寺里面对青灯映红的僧人面孔，背靠一排锃亮的经筒，默默无语地坐了一会儿。本想与僧人聊聊莲花生大师，可见他目中无人唯对一卷经文专注，只好沉默作罢！

乌鸦，一只接一只地从不远处的雪地起飞，像一条条黑色的电杆线，在寺的上空移动。它们的速度极其缓慢，仿佛是冲着我们的到来打一个招呼。它们落在寺的屋檐上观望人间的动静，它们是否能看清人类的眼睛对待它们的态度？

我总是躲闪着乌鸦的眼睛，那乌溜溜的黑眼珠咄咄逼人，转动灵异，充满了挑剔的意味，乌鸦休想从我这里盗窃情感。

阿陌望着空中打旋的乌鸦笑成了一个傻姑。

下山途中，总感觉背后有乌鸦追来，于是火速赶到巴日村。我们雇的司机闲得无聊，从山里采来一株野生的铁皮石斛。他擦着天黑的山路，一路摇摇晃晃将我们带回到墨脱。后来，我们别无选择地进了一家四川餐馆，点了一条红烧鱼、一个素菜，消费 170 元。我目瞪口呆地看着男孩一连吃了五碗米饭，将盘子扫得精光。完了，他主动补贴我 50 元，被我拒绝。在墨脱这样的地方，一个人吃得尽兴，何尝不是一种精彩的资本？想着都市里因为怕长胖而经常绝食的富贵病一族，男孩的表现其实是一种能量的彰显，值得欣赏。艰难又漫长的墨脱路他都走过来了，几大碗米饭于他算什么？更何况，摆在他面前的川藏路，一天接着一天的骑行还将吞掉他多少力气呀？他不抓紧时间补充能量行吗？

分手时，我们相互加了微信。

哪知三日后的中午，当我一个人坐在林芝的餐厅吃石锅鸡时，男孩又风一般地卷过来了。这回，他一连吃了七碗米饭，而且石头锅里囤积的宝藏，一点也没浪费。

尚未结束此文时，男孩已经向着拉萨出发了。在他之前或之后，318 国道上从不缺年轻的骑士，那是一道特殊的风景。有点热血，有点理想，又有点年少的疯狂和忐忑。

如果你在路上遇见他，请让他一次吃个够，因为他的目标不仅是抵达拉萨，还有日喀则、江孜、珠峰大本营、樟木、尼泊尔……

卓玛旅馆

在 318 国道上，为驴友们准备的客栈多如牛毛。

卓玛旅馆的半个主人，并不叫卓玛，她是一个在林芝工作临近退休的山东女人。进入不惑之年，死了老公。因儿子干妈欠了她的钱，长期要不回来，于是被人逼着入股开这旅馆。经过三年努力，她终于找到一位新老公。她说这位老公比她大 9 岁，已经退休，无人见了不夸赞他的善良。她老公每天在旅馆里帮来来往往的驴友住宿登记、收费做饭。当然，她声称自己同老公一样善良。她为自己的家人做了多少好事，最终没得到一个"好"字，她是不幸的，也是苦命的。其实，她这话里藏有另一层意思，社会有善良的人，就有不善良的人。

不善良的人，始终逃不过她的数落，似乎她要数落的人还真不少，包括她山东老家的亲戚，在她嘴里也是对不起她的。只是眼下她最过不去的人是旅馆的合伙人——儿子的干妈。她每天要被儿子的干妈指指点点。她说她明年再也不开这旅馆了。

她站在我面前，不断地说对不起。头一天听说我是从事写作的人，她兴高采烈地推荐了二楼"纳木错"这间屋子，两个床位，里面摆有书桌，合我心意。原本住卓玛旅馆，并不是因为节约酒店那几个钱，只想在此多分享驴友们路上的经历。哪知我从酒店搬来时，她并不在场。等我住进"纳木错"，她儿子干妈出现了。这个女人要我把屋子两个床位的钱交了才能住，意思是要我把这间屋子包下来。可是她当初与我约定只交一个床位的钱，而且答应不到万不得已不会安排其他人住，让我在此安心写作。

她听说此事，匆匆赶到卓玛旅馆，与儿子干妈大闹起来。很多驴友劝说都无用。儿子干妈告诉她，"纳木错"几天前就被某网络平台预订了，必须让作家搬出去。

"不能让作家搬出去，我答应过他的，出尔反尔，你让我在人家面前怎么做人呀？"

"必须搬。否则，今晚，我将安排其他人住那个床位。"

"不行，不准安排其他人。只准他一人住，让他睡个好觉，作家是吃熬夜饭的，休息不好，你让人家怎么写作呀。"

她算是熬过了比她更强势的儿子干妈。

第二天清早，还在睡梦中，听见隔壁有人打扫房间，见是她。下楼小解，她儿子干妈冲我说：东西收拾好了吗？上午必须把房间收拾出来，客人下午就到。

"有你这样做生意的吗？客人还没走呢？"

"我就是这样做生意的，怎么啦？"

听到此，她紧步下楼，给我递了个眼色，让我回"纳木错"。阳光在屋顶一寸一寸地投射安静，她在我耳边悄悄地说："这人眼里只有钱，很多驴友都与她吵过架，你不必理她，都五十多岁的人了，没有哪一句话是真的。其实，我是非常喜欢有文化的人，因为我经历过太多苦，只读过小学一年级，当时头发全掉光了，不敢再去学校读书了。要不，这样好不好，我和老公商量，作家你去住我家，我不收你任何钱，我老公做的饭很好吃，我还真希望你能把我的经历写一写，我给你讲几天几夜也讲不完……"

"谢谢你。不必了，我来这里住，也只是想看看卓玛是怎么做生意的！"

"真对不起你！"她眼里有淡淡的水光在动。忽然，她提高嗓门道："你不要走，就住这里，从楼上搬下来住大厅，虽然人多，但你可以了解更多人的故事呀。"我知道她并不是卓玛，但她依然有着一颗善解人意和爱憎分明的心。

正午，所有的驴友都向着拉萨奔去了，空无一人的卓玛旅馆，安静得只剩下强烈的阳光和被窝烤熟的味道。当从"纳木错"搬出时，我万分后悔过早暴露自己的身份。事实证明，后来的几天，"纳木错"都是闲着的。她咬牙切齿说起这有钱不赚的事，想扬起手给儿子干妈一个响亮的耳光。

从纳木措到布达拉宫

从二楼的"纳木措"搬到一楼的"布达拉宫",里面共有九个床位,四面墙体摆放有八张单人床,中间位置是一张双人床。每个床位 40 元钱,我选了中间那张双人床。如同一个王子,住进"布达拉宫",四周住着来自不同地方的臣民。每每夜色降临,躺到床上,就有点忍不住想笑。墙上贴着几张人头素描和石膏画像,看上去像是美院学子的涂鸦献艺,下面配的文字更是疯言疯语,令人捧腹不止,原来在此歇息的驴友不乏心血来潮的诗人才子。

白天,这里总是空空荡荡。到了下午,就有远道而来的驴友陆续光顾。生意好时,所有床位都摆满了疲惫的身体,生意不好时,"布达拉宫"空空如也,只有一个像佛一样的王子躺在中间。晚上,"布达拉宫"少有人说话,所有的目光都盯着各自的手机屏,屏住呼吸,继而是各种声响的呼噜声,如交响乐般在宫中演绎。一个梦还没做完,醒来时的清晨里,"布达拉宫"又恢复了白天所有的宁静。此时,驴友们早已向着漫长旅程的最后一站拉萨进发,在他们的激情与落寞里,拉萨的确有着天堂般的吸引力。有的到了林芝，如同听见拉萨的心跳，于是迫切地甩掉过于碍事的雨具轻松上路，原本三天的骑行变作两天半抵达拉萨。有的一路看够了风景，便终止林芝到拉萨的骑行，在此搭车直奔拉萨。

或许应验了那句老话——

在川藏线上，所有的选择都是美好的！

午后两三点，卓玛旅馆的半个主人山东女人顶着热烈的太阳，在318国道上开始接驴友回家。她的招呼声似乎只有那么简单一句，像是苯日神山上落单的羊叫声，而且这个声音是不断重复使用的——帅哥你好，到我们家去住吧！这样的声腔不属于山东乡音，它属于藏腔与山东的转基因。在她的声音里，驴友们像一匹匹听话的驴子，绕过神山宾馆，沿着山脚边缘一窝蜂地拐进卓玛旅馆。很多时候，驴友们来到卓玛旅馆，首先看到的不是卓玛，而是另一个女人拉得比马更长的脸。她坐在门口的椅子上，用手机打发情绪，偶尔抬头看一眼驴友。开心时，打个招呼，不开心时，指桑骂槐。

当太阳下山，旅馆就住满了人。

马脸女人走路的神态开始摇摆起来。

山东女人的男人在为驴友登记收费，他的微笑如同一个久别孩子的家长。马脸女人对男人说："把今天的账结了吧。"于是，他们开始分钱。似乎每天都是这个时候，他们分钱必吵。一方说多了，一方说少了，一方说你收的钱不透明，一方说你隐瞒了价位。合伙生意就是这样，总有扯不完的皮。当他们争执不休时，总会把目光投向我。似乎在暗示我替他们主持公道。而我总是无言，除了察言观色，我更愿意把他们的因果关系交给卓玛旅馆背靠的苯日神山。在一座巨大的神山眼里，我相信所有的是非恩怨都被山中的每一尊神看得一清二楚。贪、嗔、痴、慢种进了谁的果，那个人必将为因驱使付出更多利益代价。

"不是看你在路边的笑脸，我才懒得住这里呢，这么偏僻。"一个驴友对山东女人说。

"这样的人怎么能合伙，你早点撤出来吧。"很多驴友对山东女人说同样的话。

山东女人终于发话了："作家住的'纳木措'，明明几天都没有人住，还说提前订给了网上的人，真不知她安的什么心。"说完，她和男人，便骑着自行车匆匆回家了。

望着他们暮色中的背影，我百思不得其解，难道她怕我住了"纳木措"不给她钱吗？她为何要如此对我？是我哪里不对吗？

后来几天夜里，通过仔细琢磨才发现其中隐秘的细节。尤其是当"布达拉宫"里的人熄灯熟睡之后，门外就有不明身份的人，拖着长长的影子，向楼上的"纳木措"飘然而去，脚步声里夹杂着男和女的气息——那是山东女人有所不知的秘密。

当骑行遇到徒搭

川藏线，这条中国西部地理历史的动脉线，除了一般人难以企及的漫长距离与危险，更多需要人的顽强勇敢与执行毅力。随着路况一年年改善，不少远方的萌动者与臆想者，开始踏上这条线。他们徒步、骑行、自驾，还有一个族群叫徒搭。

所谓徒搭，就是一边走路欣赏风景，一边招手搭陌生人的顺风车。这样的人，在路上多数碰运气。比起骑行者每天计划抵达的时间、地点，他们心里完全没有一个定数，走到哪里算哪里，反正也没投入财力，能搭上车，就感谢上苍。总之，他们内在有一种"飘浮"气体，支撑他们随风奔跑自由。

在卓玛旅馆，遇到的徒搭者多为少男少女。许多人参加完高考，出来放风。他们住在"布达拉宫"里，有的趴在桌子上写明信片，有的给友人发微信，有的为太阳晒伤的手臂擦拭防晒霜，有的全神贯注看《中国好声音》，跟着歌者们摇头晃脑，甚至品头论足。看得出，他们都是有梦想的人，渴望成为银屏上的主角。

忽然，一个女孩说，她的大学录取通知书到了，但她爸爸嫌那所大学太远。不过她还是收到了一条爸爸的祝福短信：祝贺你，终于可以滚远点了。其他几个男孩迅即把目光投向她：滚远点？到底多远才算滚呀？你爸真会说话。你喜欢这个滚字吗？

女孩说，不管他，我爸就是这样，可能嫌我在家待得太久，这回考上外省大学，他大概知道我的离开将改变家中的气场，最终有点舍不得了吧。上川藏线半个月了，女孩说一点也不想家。男孩们也附合着，说不想家。他们差点异口同声——早就想来一场说走就走的旅行，只是学业把人捆绑得太紧太久。正聊着，"布达拉宫"外的大厅开始热闹起来。几个买菜回来做饭的家伙在厨房捣腾，黄瓜拍得梆梆响，鸡块砍得喀喀喀，人人都想露一手。

"布达拉宫"的人全都被这声音吸引出来。

主厨是一个"80后"小伙，来自海口，左耳上钉了几颗银钉，皮肤像个纯正的印度人。看得出，他是很有经验的徒搭，其装备十分专业。包里不仅有价值十几万元的相机，还有iPad、笔记本电脑、帐篷。他军校毕业后并没有去部队，而是选择直接下海，现在做出口贸易。他在厨房一边做饭，一边嘟瑟路上的经历——最好的徒搭是两人成行，尽可能一男一女，千万不能几个男人在路上扎堆搭车，否则你永远搭不到车，人家以为你打劫呀。他反复讲起路上遇到的司机不仅管饭，还管他住宾馆。

有人急了，你怎么运气这么好？他不动声色地把一个媚眼抛到固定位置。人们顺着他的媚眼看去——是一个包，一块白丝布上写着：嗨，我去远方，搭我一程好吗？

于是徒搭者买来白丝布，纷纷效仿他写下——"约吗？去拉萨""不是美女，请不要让我搭车""陪着你慢慢走，直到天荒地老""不搭不搭就不搭，我没时间陪你嘲笑岁月"等炫目刺眼的字儿。

此时，临近子夜。

他们开始星月晚餐了。

一窗之隔的"布达拉宫"开始有人打鼾。大厅笑声不断，让半梦半醒的人坐卧难安。他们尽欢得忘记了时间，"布达拉宫"里的人在愤怒。可他们的声音自动屏蔽了墙内声音。不知讲到哪里，忽然有个相对成熟的声音搬出三毛与荷西。他们惊叹三毛、荷西也曾四处游走，一路留下爱情与传说。有人断定三毛时代，并不流行徒搭，即使有徒搭，也没有人愿意搭三毛。听此，忍不住想发笑。可我还没笑出声，睡在旁边的陕西胖子发话了——

一群2B青年，都把文艺装到西藏来了！说完，他扯开嗓门，大吼一声：嘿，外面的哥们儿，小声点儿，明天还要骑行上路呢！

顿时，鸦雀无声。窗外，月光落地。

何为信仰

在318国道上，遇到一个有理想也有忧伤的大男孩，他的脸和手臂已经被万古不朽的高原阳光晒成了古铜色。这是高原的成就，也是男孩略感成就的变化。他播放自己创作并弹唱的歌给我听。其中，有两首歌写给一个姑娘。没错，在他嘴里一直叫姑娘，而不是女朋友。如此修为，很容易让我将它当作文艺青年的个性标签。他坚持特立独行，我承认他的音乐有着《天空之城》的痕迹，整个结构弥漫着小温暖。交流中，我直言不讳地提出他的副歌部分缺少张力。可以理解，他还只是个大三学生，在上海念书。他之所以瞒着远在乌鲁木齐的父母，骑行川藏线，是因为一场没有开始就已经结束的爱情。

他喜欢了两年的姑娘叫雪纯。有一天，他厚着脸皮去找人家姑娘：我愿意每天早晨帮你刷跑步卡（这是学校必需的早课），但你每次须给我三元劳务费，当我早餐的补贴。姑娘说：抱歉，已经有人替我刷卡了，而且无须我给他三元劳务费。姑娘的话，让他知道自己没戏，于是断然决定暑假骑行川藏线。他直面现实地告诉我，没有姑娘的拒绝，就没有他在天下奇路上的勇往直前。假若，得到姑娘芳心，说不定，整个七月他只可能没出息地宅在家里躲避酷暑。

当康定的背影越来越模糊，他遇到一位朝圣的老阿妈。五体投地的老阿妈望着如风穿过身边的他，呵呵地笑！风把老阿妈的笑声传得很远很远。他追赶着风中那个苍老又慈善的笑声。被风吹乱头发的老阿妈对他大声喊道："哎，年轻人，慢一点，跑那么快干啥子呢，你们是没有信仰的！"

他停下车，回过头，怔怔地看着老阿妈，许久才肯发言："告诉我，什么是信仰？"

阿老妈一脸坚毅："像你这样，在一条路上永远不要停下来，这就是你的信仰。"

他笑了。在一个信仰者眼里，原来信仰居然如此简单。他蠕动嘴唇，什么也没说。在他想象与记忆里，故乡没有哪一个人能像老阿妈一样，在大地上匍匐一生去追求个人信仰。爷爷奶奶不会，爸爸妈妈也不会，他个人更不会，高中的弟弟也不会。难道非要像老阿妈心里装着远方，手摇转经筒，用身体不停丈量大地，才算有信仰？这近乎宗教的生活仪式，让他产生了迷惑。

尘埃被风雪吹过。他站在原地，望着天空上的云朵，不置可否地朝老阿妈摇摇头。

老阿妈朝他竖起大拇指："年轻人，我相信你是有信仰的。"

"相信我？嘿嘿，你相信我，为什么？"

"生活中没有那么多为什么，你已经用行动告诉了我，加油呀，年轻人。"

当他准备再次上路，老阿妈便将路上编织的花环戴上他头顶。那些花儿，都是老阿妈一路采摘的与冰雪靠得最近的梵花。于是，这个像风一样的男孩，像是授记了信仰的力量，浑身充满了任何困难都挡不住的光芒。尽管脚肚因疲惫而疼痛，但他还是隐忍着不断加快骑行的速度。

那天正好是他的生日，在可以仰望南迦巴瓦峰的地方，他停下来，向着上海和乌鲁木齐默默许愿。很快，他收回了思绪。他说老阿妈的花环是他今生收到的最美礼物。于是，他开始在自己经过的山峰前写一个人的名字，不为征服，只因单爱过，他写——

"雪纯，送给你！"

从出发点雅安到拉萨，他经过了十四座美丽的山峰。川藏线上的每一座山峰都有一个好听的名字，而他写下的却是比山峰更美的同一个人名和同一句话。

这不是爱情的信仰，可在场分享他信仰的人都像是戴上了老阿妈馈赠的美丽花环，沉浸在信仰的温暖怀抱。在客栈熄灭最后一盏灯之前，他望着满天星辰自豪地说——

"多年以后，我要让自己的孩子知道，父亲年轻时候干过世界上与众不同的一件事，就是在人生最初经过的最美雪峰上，写下一个爱的名字，不为得到，只为谢谢爱。"

他才21岁，这年华苍苍前的执着信仰里，饱含着多少人类渴望的激情与力量啊！

最后一夜

很多时候，卓玛旅馆就我一人。

出没在此的驴友总误把我当老板。午后，山东女人离开时，丢下一句："作家，请帮我接待驴友，家里有点事，要先走。"她边走边回头，把房间床位价也报给我。目送她远去，正准备打开电脑写字，卓玛旅馆半个主人"马脸"也缓慢下楼。她出门手上总拿着钱袋："凌老师，有人请我吃饭，我要出去，麻烦你帮我招呼客人哈。"

除了点头，我什么也不说，像那个写《飞越疯人院》的美国作家肯·克西——之前他一直是中央情报局研究志愿者、精神病院的看门人。

当驴友到来，我就学着老板的样子，报报价算了事，住与不住，无须挽留。原本我也只是住客，同驴友差不多，只是我不用急着赶路，我在此的目的是尽可能多补充一些川藏线上的见闻。黄昏，"马脸"回来，先是对我表示感谢，然后问我吃饭没有，听说我明天将离开，她要存我电话。"马脸"说平时喜欢看书，而且老家离我生活区域很近，待回成都要请我吃饭等。态度转变如此急速，弄得人无话可说。紧接着，山东女人回来了。她趁"马脸"上楼，悄悄递给我一个热乎乎的鸡蛋，然后附在我耳边嘀咕："每天都说有人请她吃饭，国家领导人也没这待遇呀，其实就是在麻将馆里窝着。"

是夜，卓玛旅馆出奇的静。因为下午无人去国道上招揽客人，今夜只有惨淡的写照。天黑前，山东女人老公来过一趟，我已把几天的账给他提前结算。今夜空旷的"布达拉宫"除了我，再无多余人。心田油然生起一片比沙漠更浩荡的荒凉，迅速搬到大厅。比起"布达拉宫"40元的床位，大厅才30元。住久了"布达拉宫"，想在离开前，感受一回大厅——这让我忽然想起西藏一位著名的诗人来。与纯粹诗人不同，他才是走出布达拉宫的洒脱王子，近年来市面上关于他的诗作或传记，一直处于井喷状态，弄得真假难辨，这真是诗人之幸与诗歌之不幸。雨滴打在凉棚，混着我的想象，陡添几分冷寂。背靠"布达拉宫"窗下，看着透明天井凉棚上的雨水模糊了往日星空，一下子觉得没有"布达拉宫"的护卫，自由之身仿佛离自然与天真更近了，想着离开后的成都，此时正是闷热难耐。

而高原之夜还盖着比雪更厚的棉被。

半梦半醒之间，卓玛旅馆虚掩的门嘎吱一声开了，是个男人，后面摸黑跟着一个穿高鞋跟的女人。男人拉着女人的手，直接进了"布达拉宫"。我辗转身子，里面没有亮灯，他们摸索了一会儿，最终在我睡过的那张双人床躺下了。声音很清楚，是一男一女紧张喘息的声音，他们在推搡着什么，似乎不太习惯在空旷的宫殿里睡觉。过了几分钟，楼上的脚步声传来。"布达拉宫"里却出奇地安静！

"怎么里面有人呀？""马脸"一手揭开"布达拉宫"的布帘。

男子腾地一下从床上蹿到门边，浑身直哆嗦："我是张姐的朋友，白天给她说好来这里住的。"

"哦，原来你们早说好了的哟。"

看我手机屏还亮着，"马脸"磨蹭着拐到我床边："哟，凌老师，还没睡呀？你明天真要走？再多住几天嘛。噢，对了，张姐她刚来电让我收一下你的钱。"

"你搞错了吧，下午我才结了账，她老公亲自收的。"

"嗨，这人怎么回事，太没文化了，真不知她是怎么在政府部门上班的，口口声声说自家不缺钱，其实比谁都更会算计人。老子算是服她了。"

我狠狠将被子蒙着头，一觉睡到天亮。只是"布达拉宫"里的声音，与天上的雨水将我几次弄醒，又将我几次带入梦境。

远方的扎西

雨雾弥散的林芝，卓玛倚在雕花门口眺望，不远处又来一拨客人。此卓玛非彼卓玛，快人快语，铁齿铜牙，反应灵敏，见了男的都叫扎西。卓玛的村庄每天都有接待不完的客人。村庄里有西藏历史上工艺技术最好的银匠，传说布达拉宫里很多栩栩如生的艺术品都出自卓玛村庄里的老银匠。

穿着传统工布服饰的卓玛，头上戴镶金边的呢帽子，贴身小坎肩，最引人注目的是她腰间闪着银光的带子，像月光下的冰凌，皎洁中透着逼人的寒意。那是老银匠花三个月为卓玛量身打造的银腰带，它不仅好看，还可以祛除妇女身上的风湿。

在场的女人们听了激动不已，禁不住伸手触摸。一问价格，贵得让人浑身打抖。

卓玛把我们带到自己家中，先为每个人盛上一杯暖暖的酥油茶。她揣着一个银碗，指尖蘸上酥油茶，为我们示范喝茶前须敬天敬地再敬人。她一边介绍藏族人的生活风俗，一边让人参观她家的饮食起居。我们坐的卡垫旁边就是火炉，墙上挂着一些诸如担水的工具，有的是牛皮做的，看上去很原始。我注意到火炉上有一个不锈钢的普通杯子，里面装有鸡蛋。

关于鸡蛋，还是放到后面再解密吧。

我们一边喝酥油茶，一边掰糌粑往嘴里送，听着卓玛讲述村庄里的秘史，很是享受。卓玛的汉语如滑滑流水，称得上快嘴，腔调里偶尔带着藏语的神秘滑音，无疑为她的讲述增添了语言的魅力。有个戴眼镜的男作家不停打断卓玛，抛出一妻多夫生活同房问题。卓玛一点不避讳，先是用佛一样慈祥的眼神剜他几眼，然后一本正经道——扎西，你是不是愿意留在我们村庄，我马上给你物色一户好人家。吓得提问者立马像缺了电池的钟摆。卓玛忽然话锋一转——扎西，我看你严重不行。首先你的身高和体重都不达标。我们村庄的姑娘找的都是一米八以上的康巴汉子，他们上山干活，从不喊高原反应。你这副皮包骨，没有人要你的了。

我们都忍不住哈哈大笑。还没笑完，卓玛却顺着提问者的话，满脸认真起来："一般情况下，夜晚房间门上插了藏刀的标记，别人就不能进那个屋了。"讲过一妻多夫，卓玛把藏族人的婚丧嫁娶也娓娓和盘托出，让人像是在听一个古老王国的传奇。突然，卓玛从手上魔术般地取下一根银手链，问："你们知道这是用来做什么的吗？"大家相互看了一眼，纷纷摇头。

"好，你们都回答不上，我告诉你们，它与你们的身体关系最密切。"

我们又是一愣，怎么会与身体有关系？银链子明明戴在卓玛手上。卓玛用手指着一个身体发福的哥们："扎西，你的手关节问题很严重！"哥们顿时吓得脸色一变，不停点头喊是是是，心里却在狠狠发怵：我的仙女，你怎么这也知道？

卓玛拍拍这哥们的肩膀："扎西，你坐好，不要怕，我自有办法为你解除疼痛。"哥们半信半疑地看着卓玛，乖乖地挽起袖子。卓玛在他的手腕关节上很有节奏地拍打着，鸡蛋此时派上用场了。卓玛把煮熟剥壳后的鸡蛋连同银手链放进丝绒布袋，抖了几回合，然后取出银手链，在哥们的关节处轻轻剐了几秒。很快，被剐的地方变得漆黑一团，所有人看得目瞪口呆。

"你们都看见了什么？"卓玛问。

"毒。"我说。

"没错，是毒。你们再看看这染毒的鸡蛋，狗都不会吃了。"卓玛双手一摊，看着大家满脸惊异的反应。

原理很简单，卓玛用的方法就是高原之外的许多地方失传已久的银子祛风湿。在我的出生地蜀南，过去年纪上了八十的妇人头上都插有一根传家宝银簪子，它的功能就是用来干这事儿的。只是同行者多为城里人，他们误以为是卓玛的银手链神奇，激动地抢购卓玛开价三五千的银手链。

我一样礼物也没买。走出村庄时，我回头问卓玛："你的扎西在哪里呢？"

卓玛看了我一眼，收敛了几分笑容道，我的扎西在远方，他离开村庄两个月了。那座雪山太远太远，去一趟也得走一个多星期，那里虫草多、天麻多、狗熊也多。

写满记忆的重逢

国庆节那天，顺便去了一趟老连队。面对雪山、河流、村庄、军需仓库，往事大都成为追忆。一位因发表处女作而改变命运的战友，终于在二十二年后浮出水面。这收获的确让我有种意外的惊喜。别后曾多次试图找寻无果的战友，未料那人最终却在灯火阑珊的故乡，有些缘分注定要选择恰当的时间和地点，才能重逢。

那年，这个战友刚在四川广元入伍不久，就在冰天雪地的世界里，干了一件不同凡响的事。这让平常很不起眼的他，一时之间聚焦了太多羡慕与渴盼的眼神。这件事在那样一个"白天兵看兵，晚上数星星"的枯燥无聊生活写照里，不仅为他带来了人生的小小际遇，同时也改变了我的生活态度。从故乡到部队，这个战友一直被人称为才子，舞文弄墨是他生活离不开的习惯，就在国庆节前夕，他写了一篇文章，投给我们军区的《军营影视报》。恰好国庆节当天，营部的收发员举着报纸跑遍了连队的每个班，这小子高呼着，快看呀，我们防空部队有人发表文章了，真不愧才子呀。我们齐刷刷地将眼睛落在收发员的报纸上，标题为《当兵的蔡国庆》，下署"102分队郑榆"。消息很快从营连传到旅部机关，又从旅部机关传回营连，如同一枚远程导弹的威力，效果在挡不住地持续爆炸。过了几天，一辆吉普车开到连队，将列兵郑榆带走，他由此告别了在高山上数着牦牛跃过连队土墙的绝望生活。

这件事对我的触动不亚于最初读到加夫列尔·加西亚·马尔克斯《百年孤独》开头的那句："多年以后，面对行刑队，奥雷良诺·布恩迪亚上校将会回想起父亲带他去见识冰块的那个遥远的下午。"之后，我也开始白天练格斗、夜里爬格子、阅读当午休，我的写作之路就这样隐形地开始。

电话中得知，郑榆早已为生活琐事辍笔多年，可是他当年发表那篇与国庆有关的文章的记忆，仍让人挥之不去。就在此刻，它让我联想到还有一个战友，名字叫张国庆，东北人，长着一张带酒窝的娃娃脸。他的名字使他的一生，都以这个特殊的日子为荣耀，这既是一种纪念，也是一种庆贺。那时我已告别林芝，进入拉萨一支以女兵为主的通讯部队。张国庆是那里不可或缺的男兵，是女兵连的炊事班长。国庆节演出，张国庆必上，他个儿高，经常成为女兵舞蹈的主角。他参与的那个舞蹈跳出了西藏，跳到北京，摘了全军战士文艺奖，他还因那个角色立了功，晋了级。因工作需要，我只为他拍过一次舞台照，他却由此记住了我。即使离开西藏多年，我还能想起他在舞台上的样子——身着迷彩的女兵，将他推来推去，最后揭开红盖头，一个活脱脱的男扮女装的红孩儿……

在星光下，伫立在经幡吹拂的山口，望着消失的连队，电话那头的郑榆起初很不信任我的声音，他让我拍几张川藏线上的八一镇给他，我连同自己的照片也发过去。他继而感慨时过境迁，自己居然一直被另一个战友记得，这是流年中何等的小确幸。我们约定假期相聚，不谈写作，只谈军中往事。十分遗憾的是张国庆已经在几年前退伍回到东北老家。离开部队的人，一旦时间长了，便将渐渐淡出那个绿色集体，不变的是心里葆有的几分对绿色的记忆与热情，还有对某些特殊节日特有的敏感。思前想后，我决定通过大海捞针的网络，将张国庆请出，我们不谈舞蹈，只谈国庆节，该由国庆表演一个节目吧！

　　于我个人而言，国庆节代表的不只是中华人民共和国的诞辰、超长的公众假期、彼此的节日问候、走亲访友的旅行时间，还有一份由青春岁月煅烧而成的宝贵情感，它在我们移动的生命颜色里渐行渐远，在写满记忆的重逢里，弥足珍贵。

小王子的大藏獒

　　人生路上，我们常常因对美丽风景的奢望而忽略了低头一瞬的人间真相，实际上，生活永远比想象精彩。

　　或许去过西藏的人，也经历过这样的场景。但作为一直相信世上应该还有更多美好的人，我经过这样的人事，久久不能任之消散，只因它为我心存的美好西藏划了一道小小的浅痕。

　　那是川藏线上的一个停车加油站。

　　一个头发像山草的男孩与一只戴着红色围脖的藏獒蹲坐在肮脏的地上。阳光太过耀眼，他用蓝色羽绒服帽子盖着头，一言不发。但我仍看清了他古铜色的皮肤、清澈明亮的双眸。他面前的藏獒比他的体积大出两倍，我忽然觉得他像是被大藏獒保护的小王子，只是不知他的王国在哪里？大藏獒挡住他瘦弱的身体，装满了一湖秋水的大眼睛随时都在人群中搜索与观望那些用手机对准它的人！不知它是反感，还是接纳？

　　路人聚在他身边议论纷纷，说他的人很少，说大藏獒的人多。路过他身边的牧羊姑娘对此视而不见，套马的男子看都不愿看他一眼。太阳的光线把零乱的人影，拉得很灰、很暗、很长。他在人群中心事重重。只有头对着他的大藏獒懂得他的心。

当车子加好油，乘客们准备上车时，想不到的事情发生了。男孩腾地站起身，伸开双臂，鹰一般锐利的眼睛盯着大家，他孤傲地大声吼道："你们一个也别想跑。"人们似乎还没缓过神来，不知男孩举动何为，小卖部的老板赶紧跑过来翻译了几句，我们才知麻烦惹大了。男孩认定那些拿着手机的人，偷拍了他的大藏獒，强扭着不放，必须收取一定的出演费，否则不让人上车。纠缠之际，一位头发花白的先生拿出 5 元钱，放到他手上。男孩看着那钱，吐出舌头，哼了一声，钱便随手而走。可他依然缠着大家不让上车。这时，一位腰围邦典（围裙）的阿佳（藏族大姐）从羊群中走近他，拉了拉男孩的衣襟，对他很有意见。我听懂了阿佳讲的藏语：罗布次仁，你太不知足了，人家给了你钱，你该放手了。

男孩依然沉默不言，看都不看阿佳一眼。他脸上写满的全是愤怒！而大藏獒此时正安静地坐在风中独自冥想。

忽然，议论声像太阳的温度陡然增加了不少。有人说，肯定他嫌这点钱少了吧！又有人说，少，积少可以成多嘛。还有人说，小心为妙，谁知他肚子里卖的什么药呀？

经过激烈的思想斗争，我终于准备给这个盛气的小王子布施了。因为我承认自己拍了他的藏獒。不管别人怎么议论，至少我不希望他成为人们说的那种人。我甚至有些傻得不靠谱的愿望：雪山环绕的草原，小王子如此干净清澈的眼神，已越来越少，如果他的眼睛能够继续坚持清澈下去，湖泊就有唯美圣洁的底气。正在这时，一个长发女孩朝人群奔来，她趁我正掏钱包，抢先于我做出决定，将一块金色的部队压缩饼干狠狠塞进他衣袋后，便招呼所有人赶紧上车。

这女孩是常出没于此的导游。

此时的男孩，耷拉着脑袋，依然没任何反应。那位对他有意见的阿佳着急了，厉声吼道：罗布次仁，求求你懂事一点吧，你这样不仅会伤害我们的蓝天和草原，菩萨在雪山上看着你也不高兴呀。阿佳急红了脸，她双手合十，不停地发出"啧啧啧"的叹息。接着，她一手拉过男孩的手：你想一想，你这样做，以后人家凭什么还到我们西藏来呀？

男孩终于摘下帽子，转身扬长而去。只有那条高头大马的藏獒拖着长长的影子紧随其后。

顿时，我长吁了一口气。车上，导游开始训话了：刚才我们的游客朋友犯了一个严重错误，我早提醒过大家，让你们千万不要给这样的男孩子拿钱，否则他们尝到甜头，会继续流浪在学校之外不学无术，长年不回家。你们给需要帮助的人布施，但实际并没有帮上他，反倒助长了他内心生活的误区。

如梦初醒，我扭转头，面对男孩渐行渐远的背影，无心再看那山那寺那湖那经幡。只想，扬长而去的小王子，陪你走天涯的藏獒是否理解你的行为？你内心真实的风景让那些替你解难的人情何以堪？

你知不知道，在我看来，小王子和大藏獒依偎在一起，如此画面要多美有多美！

# 雅鲁藏布江知道

是个秋阳高照的下午。

老婆婆个子很矮小，缺牙，看上去像被历史裹过脚的小女人。她天天守候在通往雅鲁藏布大峡谷的必经路上。路边的拐角处就是一年四季浊浪滔天的雅鲁藏布江。山上的云和说来就来的雾常常将她视野深锁。

老婆婆面前，摆满了花花绿绿的鞋垫。红布鞋垫上被彩色的丝线绣着"青春好""幸福时光""出入平安""菩萨保佑"等美好字眼。过路的人，总会停下来选上一两双出自老婆婆之手的杰作。遇上生意好，可以说无论天晴或下雪蛋子，都算得上老婆婆的好天气。

可这天午后，来了一个不速之客，他穿着绛红色的袍子。围观者说，他在这里纠缠好久了，看样子意图并不是要买老婆婆的鞋垫。我终于穿过人群挤进他们之间，才发现拴在路边木栏上的几个渔网里装的全是乌龟，大小不一的乌龟，足有二十几只。它们究竟来自何方？龟们缩着头聆听围观者的议论，竭尽全力地找寻迷茫的出口。显然，他们在为这些龟争执不休。

"一百块，说好了，就一百块。"他将手扯住老婆婆的衣襟，央求老婆婆同意。

老婆婆表情严肃地白了他一眼，继续绣着她的鞋垫。无奈时，她望着江水，什么也不说。

他发话了："你究竟想要多少？"

老婆婆将手一扬，伸出五个指头："卖个本价，就算我卖我自己吧，二百五。"

在场人笑了。老婆婆也笑了。她的门牙缝里钻进了风和阳光，还有人们的议论声。讨价还价，她口水也从那道缝里漏下来了："小龟一只十元可以，但你看这些大龟多肥呀，至少得十五元一只吧。"

"二十一只，我全部买下来，一百五，就一百五，我不是买来吃的，你少一点，少一点钱嘛。"他苦苦央求道。

老婆婆依然用眼睛白他，继而慢声细气地嘀咕道："我是帮人家卖的，少一分，我也做不了主。"

他来气了："你喊那人来，我给他讲，你把他喊出来吧！"

"他去山那边的村庄吃饭去了。"老婆婆随口回应。

"来，你给他打电话，叫他来，叫他来吧！"他掏出手机。

"不卖，不卖，少了一分也不卖！"老婆婆用凌厉的目光拒绝他，弄得他很是无奈。他望了一眼雅鲁藏布江，表情比江水凝重。

他终于俯下身，用微笑抚摸那些乌龟，似乎在问——谁把你们带到这里的呀？他一边搜腰包，一边对老婆婆重复着那句"我不是买来吃的"。

老婆婆看着他的举动，背过身，露出除却雅鲁藏布江只有她自己才看得见的笑容。

"喂，我买下来，马上将它们放进雅鲁藏布江，你会去捉它们吗？"他慈悲的眼神逼视着老婆婆。

"不会的。"老婆婆轻描淡写地吐出三个字儿，像是扔进雅鲁藏布江的三块石子。

"你不会，你的儿子会，你的孙子会，对吧？"他的声音有点冷、有点沉，像一把锋利的剑。

老婆婆无话可说，几次低下头却又不甘心地扬起，表情像浊黄又沉默的雅鲁藏布江水。她最终用龟换到他从怀里掏出的二百四十元钞票，那一脸灿烂如获一颗巨大的救星，仿佛是她等候已久终于等来的一个好天气。此刻，云和雾都跑到高高的天边去了，只有路边一只小牦牛鼓动着大眼睛盯视着她。

而他笑了。

风扬起他如残阳的绛红色袍子，他如获至宝地笑了。老婆婆一脸笑意地望着他，而他的笑脸比老婆婆更得意。他得意尽管自己不知这些龟的来历，但他为龟的命运迎来了一个没有云和雾的好天气。

多么幸运的龟，多么幸运的人！

离开时，我笑了，并朝他双手合十。他回敬我的笑意里，写满了如同秋阳的暖意与爱的感激。我为一个人在路上遇到的好天气，默念着，这样的好天气，既属于我，又不仅仅属于我……

雅鲁藏布江知道！

# 道班少年

在大雪覆盖后的川藏线上，地貌显得尤为错综复杂。但有路的地方就有电线杆，有山的地方就有经幡，有湖的地方就有脚印，有人的地方就有道班。只要你沿着这道风景走，就不用担心迷失方向。

如果说，雪山、草原、湖泊是西藏的衣裳，那么道班则可以看作川藏线上的纽扣儿，小小的纽扣儿，点缀在一件款式潮野的衣裳上，它们的责任，是各管一段，情感的距离呈现了恰到好处的美。而在内陆乡村与城市，道班早已消失不见，但在川藏线，道班就是路的风景。关于道班人，尤其是道班女工，在我过去的书写里，她们的孤独比蜜蜂啃掉的苹果更沧桑，世界上所有的夜晚，都比不上她们的寂寞漫长。因为她们有过漫长的没有手机的历史，即使后来有了手机，道班也常常无信号……

过了波密，在翻越德姆拉山之前，我们的车停在一个有道班的路边。从雪山皱纹里跑出来的太阳光，锋利地打在道班黄灿灿的墙上，格外耀眼。有人选择这样的墙当拍照背景。院子

里堆积如山的粗木头，是用来切割菜板的？还是用来供道班生火煮饭？旁边是山上滚下的一堆乱石包，看样子这里曾发生过不小的山体滑坡。冷冰冰的铁皮屋顶，给人的尽是温暖和安全印象。木头上拴着一只沉默的藏獒，它温顺与麻木的表情，令人怀疑凶猛的属性是真正的哑巴。

道班人都去哪儿了？

道班的面前是草滩，再远一点的地方，是河流，是山，是雪，是树。偶尔有载了两三人的摩托车，从道班经过。

我注意到道班的一个角落，几个孩子，围着一张破烂不堪的台球桌，手持没有尖槌的球杆，望着河滩里捡来的几颗鹅卵石，他们伏在脱离了弹性的球桌边沿，瞄准那些鹅卵石，想要将它们用力地推进桌面上的窟窿里。那些窟窿不是球赛的科学设置，而是暴烈的阳光与残酷的风霜合力的绝作。

这样的台球桌，不由让人想起社区垃圾场的旧沙发，但他们的台球桌远没有城里人丢弃的旧沙发好。正是这少了胳膊、脱了皮、断了腿的台球桌，调节了他们度日如年的枯燥生活。除此之外，真不知他们还有什么可玩。

也不知这样一张台球桌，是何年何月，经谁谁谁，介绍到这里？想象它最初的到来，会不会像墨脱县有史以来第一辆车进入的场景，道路两旁的墨脱人，闻到新鲜的汽油味，激动地说比香水更香。

忽然，摩托车上的人，跳下一个，加入他们的行列。

他们围住台球桌，同时被他们围起来的还有阳光和阴影，以及鼻涕、口水。

那个人，掏出三根虫草，摆在台球桌上。他从另一个少年手中夺过球杆，低头，伏下身子，睁只眼闭只眼地瞄准放在桌子中间那颗圆圆的鹅卵石，准备，深呼吸，推杆。遗憾，鹅卵石没有碰到其他小一些的鹅卵石，他只好沮丧地将球杆交还给少年，独自蹲在地上，双手抱头，做痛苦状。

收获了三根虫草的少年，将围在台球桌边的少年们扫视了一眼。他说：你们谁还有虫草，谁就上吧，球杆在我手上！

大家面面相觑，最终还是把目光落在了台球桌上。

还是那个少年，他站起身，对那个手持球杆的少年说：尼玛次仁，我身上没有虫草了，你能再给我打一次台球吗？就一次，可以吗？等雪化开山时，我上山多挖几根虫草，给你。

不行，你上次输了，还欠我五根，他们都知道这事儿。我不能破了这规矩。

少年恨恨地看了他一眼，丢下一句：你等着，你手上那根球杆，迟早是我的。到时，你拿再多虫草来，我也不让你摸一下台球——哼！话完，少年跳上摩托，随风而去，任凭云朵伸向天边的手，怎么也拉不回。

太阳在南回归线上徘徊，移动的光扫在苍黄的墙头，有点弱，有点冷，有点毛。川藏线、台球桌、少年、虫草，它们与道班有着怎样的关系？在翻越德姆拉山途中，我想了又想，少年的未来，是否就是道班？他们是否意识到成长就是伴着一条路的生命延伸，然而在一座山眼里，少年打台球的行为，注定是一场隐秘的成人礼灾难。

在我眼里，他们早已提前结束潦草的童年！

鹦鹉都去哪儿了

　　最初知道察隅，是因为多年前在拉萨，看见去那里的人带回的特产——鹦鹉。

　　印象里，鹦鹉配得上两个词：一个是玲珑，另一个是华丽。察隅鹦鹉的体形不像巴西鹦鹉那么大，是属于娇小玲珑型的，更能够逗人喜爱。鹦鹉是属于热带、亚热带森林的，与西藏中心城市拉萨外部的荒凉格格不入，但察隅鹦鹉不知怎么就那样偷偷进入了高寒冷峻的拉萨城。谁家一旦有了鹦鹉学舌，整个居室便可鸟语花香、蓬荜生辉。

　　我不止担心过一种动物的命运。

　　人类自从有历史以来，总有些偏偏不美丽之人要把属于另类的美丽抢为己有，他们从不问美丽是否愿意被他们带走，其野蛮的行为直接伤害的不仅是一个盛产美丽的地域，还有美丽的生命本身。

　　比如察隅，比如察隅的鹦鹉。

　　察隅对于绝大多数中国人甚至是不少西藏当地人都是陌生的。在未涉足之前，察隅究竟是一个怎样的地方？森林密布，鹦鹉跳跃，溪流淙淙，人间仙境。无论多么努力地联想，似乎都不够抵达一只鹦鹉带给拉萨的神秘冲击。而当时的拉萨，除了炽烈阳光披满山峰河谷，绿色还不怎么发达。尤其是冬季，绿色常常成为客居者望穿秋水的紧迫与稀缺。因此，有关察隅的想象尽可能地填补了拉萨绿色的缺失，也填补了一个想象者因氧气不足而创造的另一种鹦鹉想象力。

如果一定要让拉萨与察隅作个比较，我想最直接的是——拉萨可能产生氧气不足的高原反应，而察隅就不用考虑这个问题了。相反，察隅充足的氧气，可以通过一只鹦鹉温柔的叫声洗刷你委曲的肺。

真正涉足察隅是我离开西藏之后的事。我说的离开，是生活意义上面对面的离开，也是青春与一个地方，用刀或剑刻画的一个句式。在我长达十多年的军旅生活中，除了新兵训练时摸过几次枪，后来就只是路过营门口望见哨兵紧握的钢枪。一个听不到枪声的人，隐形的子弹赋予了他一个和平者的身份——军人。

如今，察隅的内部世界，少了鹦鹉之声，与拉萨外部的荒凉，何其相似。空谷、水流、月光、花朵、蓝色的铁皮房子，看上去很美。可在我没有抵达察隅之前，这里随处可见的鹦鹉已经没有了踪迹。它们是否早已学会躲藏？我在想，通往察隅世界的寂静深处，假设一路伴有鹦鹉的呢喃，会是什么样的效果？问一问，鹦鹉都到哪儿去了？不是说察隅的鹦鹉灭绝了，而是数量少之又少了。

可以肯定的是，那么多鹦鹉已被"达人"带走。这是不争的事实。"达人"把鹦鹉由出生地察隅带给更高的"达人"。它们被人带到林芝、拉萨、日喀则、山南……有的由此被带到更远的城市——北京、上海、广州、成都、深圳、香港、澳门。除了拉萨官人尤爱察隅鹦鹉，那年头跟在官人背后的皮毛小虫也有机会捉弄鹦鹉，只不过他们在捉弄鹦鹉的同时，忘记了自己也是官人掌上的一只鹦鹉。他们的鹦鹉终归还是帮达人所养。因为他们的命运是由鹦鹉转变的。

可鹦鹉都去哪儿了？这个致命问题，绝不亚于多年前的可可西里，藏羚羊面对的盗猎者的一次次绝杀。对于当地那些上层人物，谁都不愿提起这个严重问题。说多了，会伤害到某些人的利益。据说，几年前，鹦鹉在当地已被确认为国家二级保护动物。那么，之前，当地的人们就真的愚蠢到认为鹦鹉不是国家保护动物吗？

随着相关文件的一纸落地，如今，一只鹦鹉要离开察隅十分之难。进出察隅的车辆，通关过卡，一律检查，惹火了，子弹上膛的枪支也可以为一只鹦鹉护卫，如此力度，察隅鹦鹉在光天化日之下是否可以真的留下来了？

愿察隅鹦鹉留在察隅，而不因玩家的宠爱丧玩客死异乡。

英雄坡

与印度山水接壤的中国西藏边地察隅，背靠缅甸，阳光显然比雨水丰润。涉足此地，完全不用担心高原反应。这儿几乎感受不到高原地带的严酷特征气候，玉米、板栗、李子、猕猴桃、苹果、香蕉、葡萄等农作物、水果在阳光催化下长势诱人，呈梯级的稻田和成片的鸡爪谷，让人眼前不断滋生奇异景象。周围隆起的山峰，耸入云天，森林古树遍布视野，无论落脚何处，都能听见隐秘的河流静静歌唱。猛然抬头，被一只微笑的野驴偷窥，树上躲藏的鸟儿，此时发出怪诞叫声，恍然疑似进入了离天最近的动物世界。

鸡爪谷，最初让眼睛极为陌生，毕竟在我的认知里只有丘陵的稻谷、高粱，那根深蒂固的印象与眼前形状如倒立空中的鸡爪子般的作物相差甚远，它看上去比发育不良的高粱更丑，矮小又不均匀。住在山上的僜人善用它酿鸡爪谷酒，醇香胜过青稞，他们常常把闯入此地的贪杯饮者慢慢放倒，后者清醒之后才知当初对它的轻视与不设防备。

察隅时光，体味最深的不是鸡爪谷酒，而是一群闯入者与一个时代的静水流深。据说，他们闯入这里已经有些历史了，一代接一代，一个地方接力一个地方。按常理，多数闯入者半年或一年就需去别的地方，但有一个闯入者计划在这里无限期住下去。

他让我想起一部曾被打为毒草后又鲜花重放的小说《组织部来了个年轻人》。

这些闯入者被安排在边城或村里为民精准扶贫，有点当年知青下乡的调儿。不同的是，群众管他们叫驻村干部。其实，不是他一直不能走，而是他每次走了，很快又回。不过，听说他这次真的要走了。乡亲们捧着哈达早早地赶到了居委会。所有人都沉默，目光盯住了腿脚不便的白玛玉珍。如同影视剧里的特写镜头，一个穿迷彩服的男子正紧紧地握住白玛玉珍的手。

"胡队长，你这一走，怕是不会再来了？你看察隅的太阳都快把你晒成黑锅了！"

"阿佳啦（大姐），我走了还会再来的，只要领导不阻拦我，我就马上申请回来驻村。"

"不能这样呀，胡队长，你上有老下有小，早点回林芝照顾家人，不要为了我这个无儿无女的人耽误呀。"

"阿佳啦，你不用操心，我走了还会有人继续照顾你。"话完，男子扯开略带山气的声音朝村边喊道："卫红阿佳，快来，我把阿佳白玛玉珍交给你了哈！"

"胡队长，快走吧。有我在，你放心。"卫红与胡队长同在一个居委会驻村，但她不知他对白玛玉珍的关心，隐藏了一段不为人知的西藏秘密。

双腿残疾的白玛玉珍是驻村工作队队长胡天瑞心目中真正的女神，她家一贫如洗，离察隅背后深圳人援建的英雄坡很近。小时候，白玛玉珍听着父亲讲中印边境战事长大。当她确知自己身体受阻难有更大理想时，便在心里种下一个愿望，希望自己能每天守护英雄。那时，她每天徒步去荒野陪伴英雄，为烈士墓擦拭尘埃、拔除荒草，直到腿脚再也不能远足。所幸如今散落在边境的四百多个烈士灵魂聚集在察隅英雄坡，每一次推窗凝望，白玛玉珍就像一朵风中的野菊，用滚烫的目光抚慰一座座墓碑。每天清晨和黄昏，摇着转经筒的她，蹒跚踱步英雄坡的举动早被胡天瑞看在眼里，这真是英雄土壤诞生的不朽传奇呀！

胡天瑞在人生的坡度上，默默地感动着。

你陪伴英雄，我就陪伴你！

这是胡天瑞心里埋下的承诺。他对白玛玉珍的呵护远远超越普通群众困难户。送大米、亲力帮助收拾家屋卫生、过节时还组织军地相关职能部门一起到白玛玉珍家慰问。这一切看似不同寻常，实际于他却是自然而然的事情。在他的人生履历里，先有边防军人，后有驻察隅县吉公居委会竹瓦根镇驻村工作队队长等多重身份。驻村前，他早被白玛玉珍为英雄织红旗的故事所打动。

尽管他离开了，可他总设法回到这里，哪怕待半天也很满足……

　　高高的英雄坡已然成为察隅灵魂的经典坐标，放眼望去，蓝色的铁皮房子，如同藏匿在深山老林里的天堂美景，一眼锁不尽的绿意与奔流不息的察隅河，如战后繁衍旺盛的生命，民族团结的华章在这里不断续写，干部群众深厚的情谊在这里如鲜花怒放，对口援藏的深圳人为这里带来了新经验，稳定边地赋予了察隅力量与智慧交相辉映的历史使命。

错过鲁朗

在川藏线上，准确地说，鲁朗的气质最适合一个写作者为它停留，不是短暂，而是长久。尽管同样身处高原，可十五公里长的花海、雪山与草甸，错落铺成的狭长风光地带，怎么想象都可以让人置身童话世界。遗憾的是，从林芝去察隅，以及从察隅回林芝，时间的节点都让人遭遇了夜色。去时，过鲁朗太早，时间大约在凌晨五点五十，回时，又太晚，到鲁朗时指针已转到晚间九点二十。

没有星月的夜空，鲁朗很容易在淡雾笼罩中藏匿起来。

鲁朗过了，天空才开始醒来。云层中有月光追过星子的痕迹，车里有人开始说话，看见鲁朗的人，告诉没有看见鲁朗的人，鲁朗已经过了。没有看见鲁朗的人，一声惊叹，深感可惜，而责怪看见鲁朗的人没有叫醒自己，弄得看见鲁朗的人，不知说啥好。没看见鲁朗的人，大部分是外来者，他们因为一路疲惫，而过早被睡梦拉进另一个世界。而看见鲁朗的人，多是睡不着的察隅人，他们因为惦念久别的故乡，而一路睁大眼睛，恨不能长有一双翅膀飞过德姆拉山回察隅。没看见鲁朗的人，着急地问看见鲁朗的人，听说鲁朗美，到底美成什么样子？你都看见了什么？

看见鲁朗的人缓慢地说，美不美，你自己去看吧！显然，看见鲁朗的人对没有看见鲁朗的人，已失去了耐心，他们备足的耐心都用来等待察隅出现。

除去来回两次独自错过的经历，后来，与采风团专程去看鲁朗。那是一个雨雾交加的午后。从巴宜区抵达鲁朗，时间不过一小时。雨雾创造的奇观，让初到雪域江南的人一路仰望，惊喜不断。而那些天然的光景，对在高原上生活过的我，早已不足为奇。云把雾像牧马人赶马那样统统赶到天边，像是高科技拉黑的一块天幕，忽然从中间或边沿，裂开一道缝，或撕开一道口，洒一束光，抑或漏几滴雨，再猛烈一点，从中突然飞出一只鹰、一条狐、一匹马，这些魔幻般的景致看上去的确会让人尖叫。

有人大声央求司机：停下来，拍张照！

可对如此天境已司空见惯的藏族司机，毫不理会他人的过分央求，弄得央求者很是生气，只好隔着玻璃窗一边怨声司机，一边对着天空不停拍来拍去。事后，司机的解释不无道理：弯道那么危险，是你拍照重要，还是全车人生命重要？

抵达鲁朗，雨雾已经把鲁朗的林海严实包裹，只有风吹过后，露出少许的松树与云杉遮面的影子，以及看不见边线的青山。叠叠障障的林海，因雨和雾的降临，不肯露真面目，令人着实无奈。伫立观景台，带着湿漉漉的心情，看不清鲁朗的脸，只听见泉水潺潺。无疑，鲁朗，这仍是错过的一种。之于成千上万种野花开成的壮观海洋，导游以雨雾之危险，而回绝了我个人的赏欲。众多队友得知将绕开鲁朗花海的路线，对导游颇多意见。

他们学着我的表情，默默地将现实的或虚幻的鲁朗，轻轻装进心里。任凭风浪起，谁也偷不走那样一个看不见的鲁朗了。

返回路上，想起深圳援藏的朋友正在打造鲁朗风情小镇。但我一直未因鲁朗之美而打扰他，更多顾虑到他是援藏队伍的头头。只是每次看他微信晒出的鲁朗风光，都忍不住要点赞。那么多不同颜色的花，在一起相处，不争宠，不吃醋，不显摆，南迦巴瓦峰坐在云雾中，静静地看着花笑，飘过青山的云朵，依偎着灌木丛，蜿蜒的溪流在齐整的草甸中间穿过林海去看花开，谁能拒绝这如梦如幻的"龙王谷"之美呢？

如果，给我一匹白马，由此回到古代也不是没有可能！但我拒绝做王子，我更愿意恢复诗人的身份，为鲁朗一路行吟，将它被坏天气遮蔽的容颜，全都转换成好天气里的唯美表现。

虽然，未能亲历鲁朗的美，但前些天的一个夜晚，接到德国《国家地理》杂志的电话采访，记者有个问题提得不错——之于一个对西藏感情深厚的作家，如果让你选择其中的一个地方栖居，会是哪里？

我不假思索地选择了鲁朗。在那里，我只需要一座小木屋，每年除了有选择地接待一些远方友人，就是一个人面对南迦巴瓦冥想，静听林海花开，辨识万种植物，与一个小镇写下生死契约！

图片摄影：张恒

断裂带上的灵魂

Duan Lie Dai
Shang De Ling Hun

娘曲

多年后的那个上午，轻薄的雾气与柔软的阳光，在雅鲁藏布江升腾起伏。江水时宽时窄，时清时浊，时缓时急，离开米林地界，进入八一镇，水渐渐变成干净的浅蓝，如同画面上平稳分色的布纹水粉。住在浅蓝色的水边，我几次在雨后的清晨或黄昏溜出酒店，去修整严实的护堤边看水流的速度与激情。鸟儿站在露出水面的大石包上，掂量水的深浅与重量。靠着堤岸生长的纤细水草，密密匝匝地挡住鸟的视野，那只鸟不知有人看见了它的专注与迷离。远点的地方，被水冲击裸露河面的卵石与沙砾，成了一棵草也不长的阴险之地，栽跟头的树兜或断裂的树棒，废了光阴似箭的力气，终于在卵石与沙砾的配合下，显现残暴的死亡之美。比起进入一条江的腐朽命运，眼前这条河更能承载它们不朽的艺术元气。

我要找的乔，就在河对面的永久村。河名曰：尼洋。藏语译作"娘曲"，意为神女的眼泪。这滴泪宛若碧玉，从米拉山脚下的乱石堆里汩汩涌出，流了六百多里路，流过八一镇，一直流进雅鲁藏布江，流进印度洋。神女的泪水在飞，青山一路在追，追到清澈冰冷，追过花丛簇拥，追进画廊里。草还在长，莺却飞了，只有雪山倒影在固定位置不离不弃——那是人生花季最初让我成为一个戍边人的地方。从永久村到八一镇，沿尼洋河边走，若路况好，驱车约一个小时。记忆里，那条路经常被洪水与泥石流阻断，有时半月才得以恢复通车，导致我们连队八十多号人的生活常常因路断受到威胁。

怎么也没想到，一切都因桥而改变。尼洋河上架起的一座座彩桥，已为八一镇至永久村飞快提速。可此刻，我缺乏勇气去找乔。

乔是一个藏族牧人，那时他年岁已四十有余。

乔的帐篷常常支在我们连队旁边，黄昏里飘摇的炊烟总让我鼻孔疑似闻到故乡的气息。帐篷周围的草地开满野花，醉人的野草莓遍地弥漫。当归、党参、手掌参藏匿乱草丛中。橘红色的山咆把鸟儿与虫子的馋欲吊得乱翅打颤，只有高处的虫草在深雪下面聆听世间万物的安和静。倚着草地不远的地方是苍莽森林。瀑布与溪流的独自歌唱成了睡梦中最原始的自然之声，站在树尖之上观看落日的除了乌鸦，还有云豹。

闲时，我常跑到乔的帐篷找家的温暖。乔在火堆旁劈柴禾，他教我说藏语，也教我吃风干牛肉。我给乔讲山与山阻隔的故乡，也讲炊烟升起与落下的丘陵秩序。乔给我打酥油茶喝，带我学骑马，偶尔也讲他当兵的故事。在心里，我自然把乔当成了邻家大哥。遇节假日，连队会餐，我就偷偷从炊事班给乔盛一大碗好菜。两年光阴，乔与我成了军民鱼水情的秘密典范。

　　永久村越来越近，我越怕找到乔。心中反复升起的复杂情绪，如同林芝山冈白天黑夜起起落落的浓雾烟尘，泼散了一颗激荡不安的心。直觉告诉我，这么多年过去，乔也许已经不在永久村了？牧人生活，过一天就是一个季节，今天可能出现在这座山里，明天就有可能转场去另一片远方的草地。因此，找乔，心里不敢抱太多希望。如果有幸见到乔，而乔却认不得我，一个人独自喧嚣的心跳将何处安放？思来想去，主观不可拒绝地避开找到乔的种种可能，脚步控制不住胡乱地向着连队方向走，可连队早已废墟一片。

　　陪同我找乔的是僜人向导阿嘎阿·美志高先生。

　　在西藏，阿嘎阿·美志高先生会讲多个民族语言，在僜人的世界里，他是一个见多识广的另类。在他的家乡察隅，至今不到两千人的僜人族群却常年生活在隔绝尘世的高山密林。几年前，我们在拉萨青联会上相识，他因读过我书写西藏的著作，而与我就此成为朋友。在思想上，阿嘎阿·美志高先生算得上一个合格的懂汉语言文学的少数民族读者。写作中，每每遇到关于藏地的疑惑，我想到的总是阿嘎阿·美志高先生。他极为认真地帮我与连队遗址拍照，同时回忆起我书里曾写到这里的人和事。我站在结满野山果的植物面前思索，那些背壳发亮的金龟子在果肉中找寻着什么？一阵风吹过，树林里传来牦牛铃铛的碎响，突如其来的细雨刷刷地打在孤独的野牡丹身上。

"走，雨来了，快到村庄里去找乔。"阿嘎阿·美志高先生催促我。

我像是没听见他的话，沉默地面对着眼前无言的世界。当八一镇开过来的公交车停在身边，我欲急切背村而去。阿嘎阿·美志高先生将我狠狠地从车门前拽了回来。

"你干什么？下来，去村庄里找呀，肯定能找到。"

"我怕找不到乔了，毕竟二十年了。"

"能找到，走，去村庄试试吧！"

"我怕找到的结果，不如不找到好。"

"不会的，藏族人，讲情谊。只要是好的事，发生再久，他一定记得。走，我陪你去找！"与阿嘎阿·美志高先生拉扯间，河流拐角处安保亭里的女辅警强巴卓嘎走了过来。当她听了事情的原由后，将我们带到安保亭。

"别急，我在永久村花名册里给你找找，我记得我们这里是有一位叫乔的老人。他的大儿子是一个货车司机，你看吧，这里有他的身份记录，他小儿子的媳妇，我也认得。"

"这么说来，乔还在永久村。"阿嘎阿·美志高先生与我相视一笑。遗憾的是强巴卓嘎翻遍花名册，都没找到乔的名字。这让我的心像起重机把那块沉入河的大石包又吊了起来。几本花名册都已翻完，怎么会没有乔？

"强巴卓嘎啦，拜托你好心，再找找吧。来之前，我想过，如果这次找不到乔，就去中央电视台发寻人启事。"

"嗯，我再找找。"强巴卓嘎认真点头，继续查找花名册。

但无奈，一遍又一遍，花名册上始终没有名字叫乔的人。

当公交车从尼洋河对岸的八一镇再次驶来，欲回的心变得更为强烈。实际上，我知道这是自己在逃避真正见到乔的未知结局。强巴卓嘎看出我的犹豫不定，反复劝我："你们先不要走，这么远跑来找一个人，挺让人感动，我带你们去村庄找找吧。"就这样，经过一座军营门口，十余分钟后，我们进了村庄一座鲜花绽放的别墅。拴在链子上的藏獒见到陌生人，叫得腾云驾雾。突然，藏獒的咆哮声里走来一位面相富态的阿妈。她的大辫子看上去比捆青稞秆的绳子结实，我们久久对视，感觉似曾相识。阿妈若有所思地想着什么，刚刚扬起来的眉毛，突然被一块沉重的大石包拉进若无其事的水面。我呆愣地看着她的眼，可她镇定得无视我的存在。强巴卓嘎与阿妈交谈几句，阿嘎阿·美志高先生的眼睛即刻被她们的交谈点亮。

"乔在山上干活呢，你马上就要找到乔了。"

看着阿嘎阿·美志高先生愉悦的表情，我的心跳乱了节奏，果真能见到乔了。阿妈朝着山坡喊乔的声音在颤抖。几分钟后，一个小个子男人抱着一捆青稞，从屋檐角下闪了出来。我们即刻愣在对方的眼睛里。男人惊喜万分："是你，啊啧啦！好多年没见，连队文书来了。"

"没错，就是乔，没变，还是当年那个牧人。"我对阿嘎阿·美志高先生肯定地说。

乔大声嚷道："变了变了，我今年都六十了，人老了嘛。"乔丢下怀抱里的青稞，双手紧紧握住我的手。乔的手掌残留着

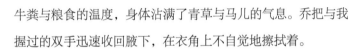

牛粪与粮食的温度，身体沾满了青草与马儿的气息。乔把与我握过的双手迅速收回腋下，在衣角上不自觉地擦拭着。

我难为情地望着乔，眼睛不时被别墅里的花草牵引。

乔吩咐强巴卓嘎去摘树上的桃李给我们吃，同时又吩咐阿妈去打酥油茶。阿妈的眉毛在上扬与下坠之间反复不停，她嘴角在默念着什么？当我再看她的眼时，她则用冰窖的温度，即刻将眼中易逝的或者明眼人不易察觉的清澈之水，搅得浑浊不清。莫不是她心里也藏有一块放不下的大石包？我只好把目光移向乔多年前的样子——是个下雪天，连队里的人都去靶场实弹射击了。我留守在连队整理文件。乔骑着牦牛，穿着兽皮马夹，戴着工布男人特有的呢毡帽，耳朵上有一颗牛皮绳拴心的圆钉。后面跟着一条脖子上戴红围巾的藏獒。我缩在窗前偷笑藏獒的装扮，乔却忽然纵身跳下牛背，落在我的窗前，把藏獒的红围巾取下戴在牦牛脖子上。那是一头公牦牛，乔总说它带给母牦牛的希望太多太多。趁我不留神，乔忽然用一只手将我甩到牛背上。我尖叫着，乔笑了笑，一巴掌拍在牦牛屁股上。奔跑的牦牛把我摇得前仰后合。乔让我对待女人要像牦牛一样勇敢，要给对方太多太多希望。我把放得太远的回忆视线拉回到乔的眼前。乔围着我们忙前忙后的笑容恰似院子里的藤缠花。过了几分钟，他才懊恼地摸着自己的脑袋，后悔忘了先将我们迎进客厅。

乔让我们坐在卡垫上。我克制着心潮难平的情绪，随便坐了一个位置。此时，手机嘟了一声。刚要看手机，阿嘎阿·美

藏地孤旅
Solitary Journey to Tibet

志高先生用肘拐我一下。转过身，背着光，滑开手机屏，居然是阿嘎阿·美志高先生发来的短信。人就在眼前，发什么短信，啥意思？真够悬念——别轻易吃人家的东西！我缓慢抬起头，看他一眼，表示心里有了数。对于乔这个人，阿嘎阿·美志高先生的警惕或许有些多余，可他确实不无道理。在阿嘎阿·美志高先生熟知的一些民族部落，有的人家会在迎接客人的酒里做些手脚。乔看出我的拘谨，跑过来把我拉到客厅主宾位置。阿嘎阿·美志高先生见状，把乔也推向了我所坐的位置。阿妈、强巴卓嘎、阿嘎阿·美志高先生成了我与乔的忠实粉丝——他们仿佛在看两国元首阔别多年的重逢。阿嘎阿·美志高先生手上的相机从未停止，他换着不同角度抓拍我与乔的对话，同时还替我做翻译。乔讲起我从炊事班给他偷饭吃的情节，面影里有泪光在闪。屋子里安静得可以听见阳光走过木窗的声音。

乔把目光从我目光里轻轻抽离，悄悄地移向屋顶："那些年，太穷了。"

"虽穷，但很快乐。为了留住那样的快乐时光，我一直想着今生若有重返永久的机会，必定找到乔。"

半句话，乔紧紧地抱紧了我。他眼角噙着泪："文书，你是哪年离开永久的？我到处打听都没问到你的消息！"

我递给乔一张名片：这下我们再也不会把彼此丢失了。其实想要对乔说的话太多，却突然不知从何说起。我想用名片替代一切，可一纸名片比乔沉默。

乔的眼睛盯着名片上的字，摇头，然后朝着我微笑。他不认识汉字，更不习惯在名片上读我。分歧较大的是他不会理解名片上的汉字集聚了一个男人长达二十年的奋斗与成长的虚实光芒——里面藏着两种水，一种是泪，另一种是汗。阿妈在茶几旁的灶火上煮酥油茶，她不时将目光插进两个男人的谈话中，表情时而紧张，时而松懈，当我们的眼神不慎撞在一起，她的表情里忽然什么也不存在了。灶火旁的木柱子上，挂满了奶酪与多种动物肉。乔顺手把名片递给阿妈，阿妈把名片顺手嵌进木柱缝隙。乔的别墅占地面积很阔，在大路边十分扯人眼球。在乔的诉说中，方知这是自我离开永久的九十年代末期，永久村修建的第一座别墅。两层楼，足有二十多间。木头全是乔一个人就地取材，从森林伐回高高的大树，然后拉到八一镇加工，其余经费全靠牧场的牛羊和土里的粮食，包括山里的药材。

"你们能住在木头别墅里做梦，这是我这个常年住在钢筋水泥里的人，做梦也抵达不了的梦想和幸福呀！"我对乔竖起大拇指，继续说道："别说木头别墅，就是城里一般的楼房，普通老百姓，也很难拥有！"

乔摆摆手："不行了，现在森林已经禁止伐木。"

我无法与乔深究城市问题，因为乔几十年从没离开他的永久。除了年轻时当兵到过山南和错那，之后他再也没有出过远门。就是西藏自治区首府拉萨，他也不曾涉足。乔熟悉的城市只有尼洋河对岸的八一镇。当原始森林的风跑进村庄的夜晚，他常站在永久的星空下望一河之隔的八一镇灯火，河水轻轻，八一城楼与雪山重重地摔到水面，我不知他是否看见一块大石包在水的撞击下荡起的涟漪？河这边永久的乔是否渴望进入河那边的灯火阑珊？乔的别墅在我的一纸名片面前，显示着巨大的包容与承载量。而我的名片较之乔的别墅，不过是一张小小的纸片，像水下的大石包，不动声色地躺在蜿蜒的尼洋河中央。太多太多的话语注定被看不见的风雨吞噬。乔几次注视我，像是突然想起什么，可话到嘴边，又被他递过来的一杯酥油茶或一块奶酪吞并。一座别墅与一张名片，看似毫不相干，实际它们共同承载了一个时代的风雨烙印，汉字组成的名片内容如同一座别墅繁杂的结构——它们的材料本质都是木。但乔只会数名片上的电话数字，他说他也有手机号码，让我记在本子上。

谈话间，我掏出一个红包递给乔。乔腾地从卡垫上坐起，双手拍打着身体：不能，文书不能呀，你送我钱，我拿什么送你呀！原本该买礼物给乔，可我不知能否找到他，抱着无所谓重返永久随便看看的心情来了。乔围着茶几转来转去，他把奶酪又捧到我面前，同时也把我们之间的情谊，不断捧给阿妈分享。阿妈是乔的妻。原本我应该叫她阿佳（大姐），因为乔把我当兄弟。在我眼里，阿妈发丝银白、面容慈祥，宛如我故乡进入暮年的妇人，看上去比我的母亲更显苍老，她的状态使我无法开口叫她阿佳。阿妈是否比乔年长很多，这是我一直不敢启齿的疑问。我不知阿妈是否认同乔的兄弟我，也不知乔在别后的岁月是否与阿妈谈起过我的存在。乔认的兄弟不是我们汉族人随随便便认的那种酒肉哥们、义气兄弟。乔给予我的承诺，是我今生永远无法言说的秘密。

我们的重逢没有提起那个秘密。

曾经我的不辞而别很大程度是为呵护一个比尼洋河大石包更沉的秘密。这一切，乔可能不知道！阿妈不断给我的木碗里倒满酥油茶，她不停地催促我喝。藏家人的待客礼节如同一道流水线作业，每次把杯端到客人面前，客人必须喝，每次客人喝得越多，女主人越高兴。若你一点不喝，阿妈脸色会慢慢变得不悦。阿妈为我杯里倒满酥油茶，乔就为我端起杯。他们一唱一和，让人心里备感温暖。即使肚里喝得再撑，你是客人还得喝，否则面对他俩幸福的笑容，情何以堪？阿妈听着乔讲那时的我，捂着嘴，笑得有点儿没完没了。在乔的翻译下，阿妈急着为我煮鸡蛋。阿嘎阿·美志高先生听了，脸上不自觉地露出神秘的微笑。过去乔教给我的藏语自离开永久那天便统统还给了藏地。

事后，我问乔都讲了些什么。阿嘎阿·美志高先生说，乔曾经牵着马，让你坐在马背上不要想家。乔说那时的你特别瘦弱，眉清目秀像个唐僧。

我忍不住笑，为一个身体单薄又无助的戍边少年，一个到了边地而没有看见硝烟却把紧张精神转化到军营之外的少年。乔每次从村庄骑马回他的帐篷，都要经过我们连队。可连队见乔的人都不给他好脸色，不准他从我们连队过路。乔非常生气，他不知因为他的牦牛，连队官兵每天要反复打扫几遍卫生。他不明真相，总找领导理论说战友不对。我认为这不关乔的事，那只是牦牛的事。乔趁夜色中连队点名时间，把几个藏鸡蛋悄悄放到我窗前。他明白我与看不惯他的战友是不同的人——乔用一个牧人的真诚与敦厚填补了一个远离故乡的少年梦里望乡的虚空与假设。乔让我想家了就去他的村庄，让他老婆为我杀鸡宰羊。乔不愿看着我那么营养不良地在他的故乡瘦下去。乔说着，转过身——他的牛羊正鼓着大大的眼睛望着他，也望着我。乔说："文书，你退伍后，别回家乡了，留下来，我们一家生活吧。"我后退了几步，看着那些隐在稠密树林的牛羊，它们正眨着眼，洗耳恭听。我说："乔，这如何是好？以后别开这种玩笑了。"乔大怒："文书，你不信我？我是认真的，虽然有时我爱开玩笑，但这有什么不好？你留下来，我家有你吃不完的牛羊肉，我们一起把一个家搞好，牧场上的事，全由我负责，庄稼地里的事，你去管，你年轻，我想我可以帮着你管好我们的庄稼和牛羊。"

虽然，之前我在书中读过藏史中男女之间的生活旧习，可是我没有权利选择。我在心里倒吸了一口气，乔的认真究竟意味着什么，我似懂非懂。乔还不能真正地懂我的迷茫，尽管他是在替我的幸福生活考虑，他以为他的承诺为我的人生解决了一块大石包的问题，可我怎能把梦种在如此遥远的边地，尼洋河虽美，可离我的故乡太过遥远。我犹豫地望着连队对面的村庄，云雾升腾与降落的村庄，比天空与河流隐藏的大石包更多更多。少小离家，走过几山又一江，梦在何处，田园将芜，我的未来怎能就此异乡扎根？它严重违背了一个少年出门在外尚未得以实施的个人理想。一个在连队生活里刚刚树立集体主义的人，面对乔的期待和承诺，该何去何从？远天远地的父母，如若知道我的选择，是否会责备我太没出息？太多未知与感慨将我的头狠狠地拽下来。

乔用力地瞪着我的眼睛。我挣扎着，面对乔眼里奔跑的火光。越是低头，越是被乔刀锋般的目光从连队逼到村庄。我终于喊出："别逼我。乔，十八岁，我还不足以懂得你们藏族人的生活，我更不知我的未来会在哪里。"

鹰在天边布阵，乌鸦在树梢拍翅。一个金灿灿的下午，穿过牛铃叮当的栅栏，原野里的青稞由涩泛黄，风在山坡上乱跑，我一个人避开连队所有的目光，来到了永久村。马匹在温热的空气中打响鼻，藏鸡越过门前清澈的水沟唱歌，小羊羔在木围墙里高高张望。光拂过脸颊，有一种热乎乎的东西在皮肤里鼓胀。眼前的尼洋秋色，层林浸染，山水之间，五彩斑斓，水之流动，铺满金色的鳞光，转个身，雪山突然耸立在身边。徘徊复徘徊，我终于敲响乔门上画着的太阳和月亮。一个穿氆氇的长辫子女人见了我，愣了几秒，然后一句话不说，"砰"的一声把门关掉，将我久久定格在原地。我想我一定见过她，可我不愿在此回忆每一次她见着我不说话的情景。我在门外怯怯地说——我是来找乔的，我是来找乔的，我是来找乔的。门里的她很不耐烦地说，乔去很远很远的牧场了。显然她愿意躲在门里听我在门外的声音，只是她不愿面对我。她不是不认识我。她心里一定为一块摇晃的大石包找不到着落而犯愁。她希望我留下，还是拒绝我留下？她与乔之间是否就我的问题发生过情感纠结，不得而知。我只是像个逃兵逃避了乔在牦牛面前的承诺。后来对于我的问话，她像是在里面睡着了，再无声音回答。原本我想过托她转告乔，我是来提前告别的，可乔不在永久。

我终究没说出口！

走了。连队世界里的我终于被另一个文书从花名册上一笔划掉。乔注定找不到我了。乔不知我去了河那边的八一镇，然后我从八一镇去拉萨，又从拉萨出发去雪山连着的北京，像一支工布人射出去的箭，为了狩猎目标，再也没回到这里。我带着一块尼洋河的大石包，在别人的城市里，开始有些俗心地生活，费时太久，那块大石包渐渐地沉静、质朴、静笃，心里自有世界，不打扰外界的浮华，也不被外界诱惑——它像工布人锄禾下的马铃薯从不违反时令地驻扎在永久的土壤里，看着我这个从尼洋河出发的熟悉的陌生人。从某种程度上讲，那块大石包就是娘曲馈赠乔与我的情，它维系着一个民族对另一个民族的温度，藏汉的温度加在一起便成了岁月无法更改的持久热能，像绵长的尼洋河，直到太阳落山，水的光芒照彻雪山，永久的答案，或许只有水知道。静静睡在尼洋河畔的永久，注定是乔人生依靠的一块大石包，也是两个男人结下深厚民族情谊的所在地，它预示的永远只有开始，没有结束，因为一个地方的性情决定了我对一个异乡人的铭记，尽管不是每个人心里都可以藏住一块看不见的大石包，但无须再问乔，乔也不会再问我，漫长的告别与漫长的重逢还能一眼辨识，已隐约说明一切。走与来，其实都很轻。我来，如雪山听见月光走路的声音；我去，没有任何人提前告诉乔和他的村庄，只有娘曲看见。当阳光穿过经幡狂舞的苯日神山，一个习惯了双手合十的人与一条奔流不息的河之冥想足以祭奠情真易存！

......

回林芝的公交车上，除了一位藏族司机，只有阿嘎阿·美志高先生和我。空荡的车厢里，如同载着三条鱼在氧气过剩的空气中摇曳。强巴卓嘎独自站在娘曲的流水边朝我们挥手，云雾很快化融了她穿着警服的影子。当阿嘎阿·美志高先生得知我未能兑现乔的承诺，一句话也没说。他把目光转接到窗外多彩的娘曲水面上，拥有藏东南文化博览园的尼洋阁在交错的夕光中呈现出一种穿越历史的瓷实，它模糊又清晰的倒影给河角带来的不仅是神性之美。从夏流进秋的河水，滋养着乔的牛和羊，它们排着队在河边看自己肥壮的身影，只是不见大鹰，不见乌鸦，也不见乔。

乔在别墅里收拾房间，他让我从察隅归来后住他家。

空旷的车，走在空旷的城中大街。过去只有几块木板混搭成街的八一镇，已然成了焕然一新的巴宜区。多年前，导弹与坦克载不走的风沙和尘土，像是被外星人搬走了，眼前呈现的绿地平坦、舒适、清新怡人，杨树下开满野菊、灯笼，还有玫瑰。原来八一镇与林芝县之间有一段空旷的距离，如今它们悄悄被密集建筑物接壤一体，成了林芝市。两个世纪延续的历史，广东与福建的援藏者在此大刀阔斧，让这座古老的边地小镇，一天变一张脸，恍然让人感觉这里不是藏地，而是厦门或深圳。

遥遥远远的察隅路上，一路闪亮的冰川，沉淀的不是沉默，而是永久低语的诉说。在越走越狭窄的山谷里，一汪山泉犹如异乡一个深邃的目光——他读不懂一个故人独自承载的乡愁，好比我读不懂他丢失太久的远方。

只有娘曲的泪在往事里飞。

苯日神山

一

"尼洋河岸就是苯日神山啊!"

牧羊人手指的方向,一片种满经幡的山峦,成了小城林芝遮挡风霜的旗帜。而林芝,在藏语里,一直被喻为太阳宝座。那些经幡像一株株长势喜人的粮食,它们的营养来自风和阳光,以及朝圣者装满信念的眼睛。经幡憎恨雨水,如同鸟儿憎恨飘飞的尘埃。因为雨水,经幡将停止愿望的生长、传递,雨水让所有载满祈祷文的翅膀飞不起来,而苯日神山也将陷入一场病患的沉默。

当一座山沉默的时候,山下的城只能发出几声咳嗽,无比尴尬。既吐不出痰,又流不出一滴血。此时,响亮的则是永不枯竭的尼洋流水。

流水的最终去向是印度洋。

唯有一路的山眷恋一路水。

工布人习惯朝圣苯日神山,只因山比水更靠谱。山就像头上的一根天线，接通另一个世界的丰饶。工布人一生一世都生活在看不见的丰饶里，而水始终是要流到别处去的，如同情人的情人，瞬间聚散，谁也不能靠谁一辈子。

"我的羊儿们都知道那座山的名字，你们当兵的什么也不知道。"牧羊人坐在"太阳宝座"上，他挥舞手中的"乌尔朵"，笑容比阳光更有温度。那时，我最着迷的就是牧羊人手上那个玩意。当兵的叫它"投石器"，是用羊毛编织而成的绳物，长约一米半，中腰部围成小兜。每当有羊不听呼唤的时候，牧羊人就将乌尔朵以小兜为中心对折，将有小环的一端套在中指上，末端捏在手中，接着在小兜中装上石子，然后跑几步，趁惯性加大，挥舞乌尔朵，趁势松开末端，大呼一声"嘞嗦嗦"把石子投向那只不听话的羊。有时，遇到危险情况，牧羊人也将乌尔朵打向猎物。这从旧年延续至今的牧羊工具，它的使用可追溯到聂赤赞普时代，无枪的藏人也曾用乌尔朵追打侵入藏地的英国人。

可是牧羊人看都不准我看，更别提摸一摸了。

二

山尖尖，雪堆白；小水沟，冰洁白；树梢上，一片白；牧羊人，发如雪；训练场，兵成雕；营房顶，落雪饼。面对银装素裹景象，我常常把左手交给右手，钻进袖筒子，靠抚摸自己取暖。边地寒流带给人的，除了肉体的冷，还有日光杀不住的萧瑟，直扑灵魂。似乎军营对人之约束，目的就是不想让一个新来的人，把驻地弄得太明白。其实不然，那些长了胡子的带兵人，对营地少数民族地理文化的胡子，也一根没弄懂。

初来乍到，不懂军规的我们，喜欢打破砂锅问到底，可带兵人拼命严防死守，生怕军事机密被一个小兵偷走。多年后，反思当兵之初的这段经历，发现不懂驻地藏民俗的带兵人，是相对失职的，他们才是真正的无知者，伪装绝对称得上他们戏弄"敌人"的成功法宝——新兵蛋子，问那么多干啥？真是话多，给老子老实点，记住：不该问的不要问！

如此蛮横的回答，让人心里很窝火，这答案毫不接地气。带兵人嘴里冒着烟，眼睛随云飘忽，活活将眼前一枚火花闪现的小炮弹，狠狠踩死成哑弹。同时，带兵人踩死的还有他们自己找不到出口的个人乡愁——他们既看不到想了一年又一年的女人，又要保持在新兵面前的孤傲模样。

可戴着故乡面具的新兵们，还对带兵人拿得出异乡的精彩答案信以为真。尼洋河岸就是苯日神山，这在当时我们几乎谁都没听说过。好在岁月会在恰当时候，给人迂回的机会。牧羊人的嘲笑，让我对他的职业产生了神圣的敬畏，至少他比驻地的兵者对土地更有感情。对于青春驻扎过的地方，时光去得越是久远，一旦被人驾上时光之翼，岁月淘洗出来的本来面目，恰如一座神山显现。过去的营地早已迁徙，剩下的只有墟土、砖块、石灰、水泥、木材，还有向天疯长的杂草树木。间或，有橘红色的蛋子花，米团似的珍珠籽粒，每株花朵与籽粒间，皆藏匿着一窝金龟子，它们不分大小，群起而攻之，在光天化日下，偷吃果实的心，连野花绽放的寂寞，也不放过。

想起小时候，在故乡玉米地捉金龟子，突然在高原的花朵与往事面前，有些憎恨它外表的美丽与可爱。

那棵紧挨着炊事班的青冈树，体积能够遮盖半个连队，叶子像吮干了水的老鹰茶，散发着炊烟味儿。它不离不弃的守候，换来的是不见人烟的孤独。这与报纸上常出现的留守老人的孤独相比，何其深重。即使内心再荒芜，年老的青冈树也要忠于内心的守候。

戍边人走了，牧羊人走了，野马晨出夕归，青冈树身上剩下的只有风烛残年。满脸斑驳皱纹的老青冈，主干上结满如佛珠深邃、光亮、慈祥的痂。

一只断奶期的羊羔，在青冈树下自由出没。少了牧人陪伴的它，恰如一个人因失去军规捆绑，获得了另一种自由。羊羔目中无人，只有青草和蚊子。它偶尔用力甩动尾巴，驱赶干扰自己啃草的蚊子。我蹲下来，坐在庞大的树桩上，看着一朵蓝幽幽的野花静默地立在风中。风从密林的深纹路里，有秩序地穿出来，波浪似的压过正欲生长的秘密往事。

站在一座营盘留下的遗址中，仍能想起几张模糊面孔，他们嚣张的样子，似乎早知道苯日神山的存在。

三

的确，苯日神山过于陌生和神秘。与之相伴两年多的当兵生活中，几乎没当它存在，更不可能把它当神山崇奉敬仰。如今，听说这座山居然与西藏原始苯教有关，这就引起我的警觉和兴趣了。

不知谁赋予了这座山一个神乎其神的传说，使得我这样的聆听者肃然起敬。岂止一个传说，在《圣地苯日山志》记载里，民间的许多传说可以找到相应的具体描述。工布地区，包括林芝、米林、工布江达都有着苯教的发源地。从某种角度看，苯日神山象征的是一种守望，即工布人民对自己文化的守望，他们看似一生只做了一件事，那就是对一座山周而复始、不知疲倦地朝圣，其实他们表现出的是对苯教发源地的坚守与呵护，这也彰显了藏地文化的强大尊严。

带着传说，从连队遗址走出来，过尼洋河，穿过林芝市区，进入 318 国道，老远看见山门石头上，红色标记刻着——比日神山。面对经幡飞舞的山门，我的眼睛显得有些惊疑，究竟是苯日神山？还是比日神山？论青藏高原山脉形成，从林芝八一镇到雅鲁藏布江北侧的米瑞乡，这一地带的山脉具有完整性，找不出任何分割与断裂痕迹，它应该是一座山，何以生出一字之差的两个山名？而在米瑞乡，旅游标识分明又是苯日神山，这究竟有何区别？

长期以来，藏地存在藏汉双语同音译的变通使用，许多时候，在传达意境上显得不够准确，尤其是汉文化的渗透，多少带有点嫁接的意思，导致进入后现代的快速开发与经济增长，使藏语本身的意境，在这些行为中消解了原有自然生长的味道。将"苯"与"比"划定成两座不同意义之山，当是一些外来者干的事，不知他们在成为造山运动主力军时，是否对藏地宗教有过真正的体悟和考量。

苯教，最早的发源地为古象雄王国，别名本教、本波教，也称为古象雄佛法，是辛饶弥沃如来佛祖所传的教法。修行苯教者，追求的是圆满，成就虹的化身。苯日神山，在我看来就是辛饶弥沃的化身。最初在此驻守时，我不止一次见到尼洋河升起的彩虹，那时我对苯教一无所知，因此就没往这方面多想了。

如果按来自文君故里邛崃导游小吴的解说，从林芝尼洋河一直延伸到米林县雅鲁藏布江边的山，都叫苯日神山，那么，一个地方对一座山何以有两种书写方式？小吴琢磨了半天，也难以下定结论。最后，她说造山者有造山者的想法，而当地人有当地人的利益考虑吧。小吴坚持她的解说：反正山就在那里，你自己看吧。这是她出于地理山脉形成的自然道理。若我再多问几句，小吴又将陷入吞吞吐吐的不自信境地。

这的确有些让人生疑，更叫远道而来者产生迷惑。

山路上，我在想是不是一切与高原相关的景物：树、兽、经幡、溪流、草滩、沼泽、嘛呢堆、寺院、石头、小僧与大师，好像都有为传说而存在的理由。在人们四处奔走的相传中，山中的人与物聚集了一种内在力量，令无数人向往而产生神授的行为，那就是观想。其实每个人的生活都存在观想，只是虔诚与否，答案各不相同。

为了克服山名带来的不确定，我执意带着虔诚之心观想一座神山，超出原有世界的认知，朝着山上攀越，期待遇见一些奇迹，如我冥想中的那样出现。

在藏地，想必还有许多看似不起眼的山，值得由视野抵达心灵去观想，可以说，每座山里都住着神。不同的山，有着不同的神。太多躲在深山老林里的神，一直不愿接受信徒的造访。神是否担心，突然有一天被一场造山运动，改写神的尊严？

神有神的性格，观想神山的人，心情也有所不同。

第一次从成都飞抵林芝，快落地米林机场之前，近距离地看见舷窗外的山，雪在天际线上睡美人一般的妩媚姿态，差点将我带入梦幻。那种近乎小时候擦脸的百雀羚的白，让人产生了冲动的比喻：像盐，又像棉，然而没有丝毫停顿，直接选择把它比作化肥，才算了却眼见为实的审美震撼——因为雪的生死使命，是为了让缺少营养的山肥沃起来！

这绝不是我的主观比喻，而是自然山神的欢喜赐予，"化肥"一词几乎没有经过任何繁复的思考，一跃脑门，带给我灵感冲击。

没错，那就是苯日神山。

四

山上的林芝自然博物馆，并没有吸引我停下。

陪同我的廖姑娘是四川渠县人，十五岁就与林芝这块丰饶之地结缘。十多年后，当生命满树花开，她却放弃舒适的大房子，失去太多太多，最终一无所有地去了日光城拉萨。走时，真是义无反顾的决绝，然后重返熟悉的地方，却又不断生出反悔叹息。她劝我好不容易来了苯日神山，必须进入自然博物馆，又声称她朋友的妹妹在此当解说员。一路上，廖姑娘主动介绍起馆藏的五百余种植物，以为可以带给我兴趣，可她哪知我对待自然的态度？相对而言，当年老艺术家黄宗英笔下《小木屋》的主人公徐凤翔在林芝对待生物的举动与持续的努力，着实令人感动，更令人起敬。但我并没有对廖姑娘讲徐凤翔20 世纪 70 年代援藏的事。

生命只要进入博物馆，在我看来都已失去自然的本色了，还有什么值得看的呢？人为标注的生命物种，在它活着的时候，没有人去欣赏它，非要在人置它于死地之后，让更多人来欣赏它的死亡之美，这是人于自然生命的不道义。想着那些标本成天待在玻璃闭合的世界，氧气不足，却要面对人类不同眼光的反复打探，在另一个世界，即使死，它们也死不瞑目。

那样没有水分的躯壳，看着它还能产生情感之美的联想吗？博物馆给我印象不好的一面，总是残酷的历史拷问，多于现实生命的呈现，不去也罢。

顺道而下，天气急变，一场雨水，伴着雪蛋子，显示了神山与普通雪山的区别。神山上，天气的变化，总是带有几分神气。灰暗的天空，突然把乌丝与蛋清交织的云衫，压得很低，阳光如同焊接工手上爆出的星子，从树与树之间的缝隙，刹那间落到眼前，踩上去，很快，便听见了流水声。

清脆、洞彻、充满器乐敲打属性的流水声，在一派低矮的丘冈下，咚咚响起。这一汪流经神山血脉，流进谷底的山泉，好比诗歌在自然与人类的血管里流淌。

长满青冈和青松的丘冈上，中间夹杂着云杉，远处的树，在阳光返照下，碧波万顷，奔腾、荡漾。下面是狭窄的河谷，空中有零乱的经幡，如同神女腰间飘飞的彩带，在穿云过雾中，若隐若现。外面的世界突然被林间的事物遗忘。与树相偎的光线，被肉眼折叠，反转，被流水声牵引。如此景象，让我眼前跳出阅读中获得的句子"魔鬼在细节中"。

转山的人，排着队从流水进入树林，又从树林中返于流水。而同样的树木，一直重复地伴着我，渡过一座木桥，再往上攀援，直到那片青稞地出现。

旁边是一座小小的寺院。

树林掩隐深处，可见寺院的金顶，一道阳光瀑垂落在上面，走近才知，寺院被木栅栏围着。里面有油灯在闪烁，光影处，阵阵法器的声音，节奏鲜明地传出。面对寺院，静默伫立，看着自己留在大地上的长影子如同树木的倒影，感觉另一个世界，早已沉沦，而寺院里面却是常人不易听懂的喧嚣。在喧嚣中，一边诵经，一边击鼓的人，名叫平措旺杰。他十七岁从苯日神山里的村庄出家，如今已二十三岁，从没离开过这座森林与流水萦绕的寺院。

面对我们的出现，除了眼神里闪现一点欢悦，平措旺杰并没有停下手中击鼓的佛槌，诵经声像殿堂外雨后的太阳，照常升起。我向着寺院里坐着的每一尊佛，双手合十，顶礼膜拜，依次布施，然后平静地坐到平措旺杰身边，向他请教如何吟诵苯日神山的祈祷文。

"师父下山云游去了，我在功课中，暂时回答不了你的问题。"

廖姑娘问师父多久回来。

"十天半月，没有一个定数。出家人与你们出门人，怎么能一样呀。"

我们踏出寺门，跟随一个来自昌都的信徒，围着四方上下两排经筒，转了三圈。一排排旋转的经筒，在强烈的阳光下，闪着铜质的光芒。通灵的猫和狗，在寺院门前，拈花微笑。我一眼认出的芍药、黄菊、灯笼、指甲、卓玛，像失散多年的伙伴，忽地点燃了我的少年情。那些生命之花与疯长的野草，在光合作用下，仿佛一切面目都已静止。廖姑娘忍不住侧身卧在草地，她摘下墨镜亲吻花草，满脸弥散着自信与幸福，她真的听见了草儿在阳光下拔节的声音。花朵对她微笑，她对花朵微笑。佛前的花朵安静、热烈。她的微笑寂寞、璀璨。廖姑娘的愿望是能够在寺院里住几天，暂时忘却来时的拉萨红尘。当然，寺院里的僧人，已胜过她对家中亲人的熟知程度，过去此地是她每周必须光顾的地方。

我记住了苯日神山一座在原野中深远的寺院——唐拉拉康。它的隐秘，可以说很多林芝人都至今未能发现。因为它的内部世界，只有两个念经的人，平措旺杰和他的师父，他们不分昼夜面对一座座虹的化身佛。我在心里默念，有一天，祝愿他们也能修为苯日神山上的虹。

原本真可以在寺院里住下来，加持体验寺院生活，但想着此次还有更远的行程要事等着，我想，机缘定有让我重返唐拉拉康的那一天。

五.

唐拉拉康成了廖姑娘每次观想苯日神山的必去之地。几乎每周她都会到此进行灵修。寺院里的堆石供、火供、水供、会供、煨桑、朵玛、酥油花、擦擦、金刚结，这些源自古老象雄文化的符号，好比她家中的各类生活用具，在她眼里，一点也不陌生。并且，多维度审视苯日神山的不同效果，她也早得出经验。从寺院出来，她便决定将我徒步带往另一方向，进入苯日神山的栈道。

那里可以观看林芝的全景图。本地人与外来者，早已通过朝圣的方式，在经幡舞动的栈道上留下深深浅浅、或浓或淡的心痕。

路上经过一些藏族人家，他们的屋子修建得格外气派，几乎都是石头堆积而成的别墅，这种建筑比普通的砖块构造，显得财大气粗，但在形式上已经不是藏民原有的特色居所，而渗入了太多现代都市的审美趣味。屋门前到处都是开阔的青稞地，由高到低，一直沉入谷底。一条宽敞的路，直接将山外的文明输入到家，看似苯日神山替他们挡住了外面的尘嚣，但他们饮的是雪山之上的冰冻水，据说这里的孩子都在林芝享受优越的教育，到了周末，他们照样要进城去接孩子。远处是林涛起伏的山峦。若隐若现，一群羊在山中吃草，像白色的蚂蚁蠕动。

二十年前，面对林芝的山，我眼里无法生出如此鲜活的细节。如牧羊人嘲笑我们的那样——当兵的什么也不知道。我想了很多年，那时我所知道的只有把被子叠得像一块死豆腐。

那时我以为山只是山，水只是水，根本不知山里还有路，路上有人家。我不知道水里有雪山，雪山上有树和鱼，还有鹰、经幡、牧人、羊、牦羊、虫草。现在想来，牧羊人当年嘲笑我们也是没有错的。

一群牦牛在路上，大摇大摆，它们向着太阳落山的地方，不急不忙地赶路。而有的牦牛累了，直接把大路当温床。任凭摁喇叭的司机多么着急，它也不管三七二十一。

深入山中的栈道，眼见山下的林芝城，完全是地球上的另一种格局。红色的小方盒建筑，如同孩子们的拼图游戏，铺满了大海一般的沼泽地。而我们曾在林芝仰望的苯日神山，只是一片浅浅的山峰，它由一杆杆风马和草地拼在一起，像山脉里有神灵随时对万物点名召唤。如此壮观的氛围，走在苯日神山栈道上，令人唏嘘，神山不愧神山！

我看见十万风马旗在大风中舞蹈，它们是神山撩动的衣裳。格萨尔王的马蹄在云中升腾，飘然的经幡，在光影中幻化成多彩祥云，但我清醒地知道，它们只是神山的信徒挂上去的，一团又一团的经幡阵，从千米万米百米的山那头，牵扯到山这头，有的纵横交错，有的横竖成林，有的像飞行表演排出的齐整彩虹，在山的怀抱隆起、升腾。苯日神山上，经幡是一种势力，神山也是一种势力，风则是功不可没的推手。有风的存在，就有朝圣者。每个朝圣人朝着神山捕去时，他们先是捕到了风。他们不得不与风合作，在他们的生命里，最安全的地方都是留给风居住的，风让他们的愿望向着光明飞升。我没有真正地见过格萨尔王，来此朝圣神山者，也没有谁见过格萨尔王，但有了十万经幡的吹送，何止是格萨尔王，只要你想见到的人，经幡都能够将他们呼来唤去，人人得以神赐力量，个个都是武林高手，在经幡阵里穿来梭去，见与不见，不再是问题，所有的观想，都会照进你的现实。这是满世界的经幡汇聚在一起的力量，它与风景无关。

"你在这山里跋涉了那么多年，怎么不说苯日神山一句？"

廖姑娘笑了。她的笑其实不是真实的笑。她只在真实的哭里笑，她不知真实的苯日神山究竟藏匿着多少人生的答案。在苯日神山清澈的目光里，她只是另一个看不清的自己。她修得的力量不足以破解眼前的经幡阵，她在黑夜里弄了些诗句，表达对苯日神山的爱恋。她把心中的诗默诵给苯日神山，可苯日神山并没有如她所愿派一位神将她与妹妹互换世界。有一阵她逢人言说的都是那句话：妹妹比我聪明，该去那个世界的是我，而不是妹妹。

十年前的苍茫冬夜。苯日神山脚下的米林县城，一位少年持刀翻窗抢劫，廖姑娘的妹妹与之反抗，倒在血泊中。

我想问问哪一片经幡能够代表她的诉求、祝福，抑或是她内心对神山产生的敬仰？可疑问还没抛出，她的眼色，比迷雾深重，比流水忧伤，比乌鸦叫声绝望。一个电话出现，突然打破了她的观想，她说太神奇，十多年前为她治病的医生，自从她离开林芝，再也没有联系，怎么会知道她回了林芝，还要请她吃晚餐。

这次廖姑娘真的笑了。她什么也不说，双手合十，独自走在狂舞的经幡中，像一行飞天的经文，强烈的光刹那将她背影融化。

我停在半山腰，喝了几口冰水。再俯视山下，一幅完整的林芝画卷，尽在眼底。天色开始收光了，当凡尘落素都被岁月雕刻成皱纹，当那些无知者以读者眼光打量我笔下的苯日神山，他们是否会有不同的感受？

六

世上究竟有多少传说者与被传说者打过照面？苯教信徒阿穷杰博被传是保护苯日神山的英雄。若要追问个水落石出，很多风景的核心，其实都经不起有心人推敲。

廖姑娘自称神山是她内心的秘密之山，她不仅每天早晨和中午上班之前，通过秘道独自转山，还为神山书写诗一样的情书发表于海外报刊。她从不轻易带人来此山中，走她曾经走过的秘道，因为这些秘道里，布满她太多不可告人的心事。其实，这只是一种苦行，属于她个体生命虚妄的苦行，或许她还不明白，不是所有的苦行都能开出彻悟的花朵。我以为她知道太多苯日神山的属性，可她真正的回答顿时让一座神山失去几分神性与尊严。

"不知，真不知，你明知我的空白装不下一座山的内容，我只希望一个人走在山里，可以开心，也可以伤心，然后一切随风中的经幡，化为乌有。"

在一个不再写诗的诗人看来，苯日神山的传说，远比查良镛先生制造的武侠小说精彩，但查良镛先生肯定不认识制造如此神山传说的那个人，我也不知道这位高人究竟何许人也，廖姑娘更不知道。对于她剪不断理更乱的心事，或许只有苯日神山符合她的躲藏与想象意愿。要是那位高人能现身神山，真想拜托查良镛先生前来与他神山论剑，要是他的剑，论不过查良镛先生，那么他很可能会改变规则论神，这样说不定查良镛先生可能会选择甘拜下风。论神者气度不凡，他是这样讲的——

当年佛苯相争，敢于反对佛教的苯教徒阿穹杰博与莲花生大师在此比试法力，打得不可开交。

（我能想象两个影子在山峰与河流之上平步青云的架势。）

莲花生大师到达雅鲁藏布江与尼洋河交汇处时，凭借法力调集狂风，试图将村庄和树木全部吹倒。阿穹杰博则以巨石，压住树木使得莲花生的法力失效，重灾得以幸免。接着，两人打到苯日神山脚下的古鲁村。莲花生想彻底摧毁苯教，于是用力击掌，竖起禅功，吹了口气，将苯日神山推入尼洋河，阿穷杰博在水上漂，几个转身工夫，轻轻松松将苯日神山物归原地。

由此，工布地区的苯教得以保存兴盛。

至今，信奉苯教的工布乡亲在神山上依然供奉有大石、神鸟和天梯。我没找到人们相传的那棵通天树，因为山里，树太多，不知那棵是哪棵？只看到山上满树挂着经幡和祭品。逆时针围绕神山转经，通常是工布乡亲过节必做的功课。

苯日神山下，陕西路上重庆小面馆的女老板，说她每年春节都会上山，参与工布人的转山仪式。不难理解，一个汉族人在藏地的神化，首先是从朝圣一座山开始的，尽管她可能还算不上信徒，但远离内陆城市的高原生活，在远离了太多琐碎与应酬之后，静下来的时间，就容易接收到一座山赋予人的灵性，同时也容易接收到山补给人的内气。

在藏语中，苯日神山被翻译为猴子山。林芝自然博物馆旁边有两只被关进笼子的猴子，它们的处境很是让人不安，尤其是一些小游客丢石子对它们的戏弄，都快让猴子急疯了。倒是树林里的松鼠可爱灵敏，随处可见。不难想象，山中密林活跃着种类繁多的动物，尤其是不知名的鸟儿，它们与人在这里和谐共处，不少游人经过，都留下了为它们准备的矿泉水、面包、饼干、松子等食物。

七

半月后，从察隅回到林芝，我决定在苯日神山下的卓玛旅馆住上几宿。背靠苯日神山的夜晚，可以望着山上一行一行的五彩粮食，与神耳语。那些日夜拂动的风马，伴随星辰的祈福，替读到它们的人，做来生与今生的对接。我时刻把脸迎向神山之上，眼睛却看着风马在天空中飘拂。

每有驴友来此，我都会主动劝他们上山看看。正如廖姑娘当初劝我进博物馆看看一样，充满了个人熟知的热情。只是我劝他们上山看的是灵活的自然，读的是每时每刻都在律动的心愿，那不是个人的心愿，而是物赐天愿，如果有缘，他们会自然地走进唐拉拉康。尽管我也有下意识地说出山中那一座苯教寺院的名字。

当然，我也听到一些，从苯日神山下来，对这座山摇头的人，说没意思的话。似乎他们上山不是为了下山，下山也不是为了上山，他们只是活在自己的理想中，但世界早已脱离他们的世界，真正的世界保存在有心人那里。没错，西藏的其他胜名之山，尤其是在天气好的时候，很多能在远处看到其主峰上白雪堆的灵光乍现，视见者都认为好运。但苯日神山并没有突出的主峰，它只是一组山峦紧紧地连在一起，且随时被阳光、风雪与经幡缠绕，加之多云多雾又多雨，肉眼能看清的东西实在少之又少，只好全凭心的阅历了。看山不看山的外表，读一座山，需要的不是钱，更不是权，而是心的时间。读一座神性的山，更需要圣洁的感情和缘分，读一座地理上完全超越了神界的山，更需要把一块地域的神秘底蕴保存在心里，而这种透视雪山的能力，也只有与山有缘的人才能承接。

生命旅途中，开始有许多人，走着走着就只剩下自己一个了。下午，卓玛旅馆来了个武汉小伙，他披着一身雨具，放下背包，吃完泡面，闲得在阳光下打瞌睡。我掀开他头顶的塑料帽，拍醒他。我说要带他去看苯日神山。他顿时来了精神，问苯日神山在哪里？我并没有走过去熟悉的路子，而是随便从山下正在修房子的村庄出发，自作主张地走了一条想象中该有的路子。一开始我就是奔着唐拉拉康去的，因此绕过了林芝自然博物馆。荆棘密布的山道上，奇石怪状，野花乱开，一片潮湿，绕了一段，就没有路了。我们原路返回，见推土机师傅打出的手势，才又调转路线，继续上山。

山中的石头，有的像杨过与小龙女合练玉女心经的玉石床，床上隐约可见一些米饭，有拖着长尾巴的鸟，站在石头上，打望山下的林芝。而山上遍布矮小的青冈树，几乎已经顶着云层了，树上挂着的牛仔裤，证明此地有人来过。地上随处有长得血汪汪的野山果，让人多看一眼，便口水直流。有时，我们挨着乌云，在山上找路，一不小心，撞着树枝上挂着的布条，那物状像裹紧的尸体，使人心里油然生起一丝惊恐。

终于来到一块光滑的大石头面前，上面沾满了油亮的酥油，挂满了哈达。石头上显现着十多尊佛的面孔。旁边有煨桑的痕迹。来不及多想，也没多余的时间停下来观察了，我们加快步伐，一个多小时后，终于见到了那块青稞地。

半月前，还泛青的青稞地，如今已是一片金黄。它与寺院的白和红形成鲜明的对比。藏地美图上的造物主真是一位比文森特·威廉·梵高更懂色彩格局的大师，青稞地与一座小寺院组合在一起，无论什么季节，延伸的只可能是无限诗意与无限遥想。我想住寺的僧人一定拥有超乎诗人与画家想象的艺术境界，因为他们每天陪伴的环境就是诗意。成熟了的青稞，带给我梵高画布上向日葵般成熟稳定的气场——那是一种永恒的印象，它既是安全的，又是危险的。危险的是我面对青稞熟了的激情，与花朵绽放又冷静的寺院，连同阳光已在笔管里提前熊熊燃烧。手里采摘有一把野山果的武汉小伙，面对青稞，终于露出微笑。刚才密林里紧张穿行时，他脸上表露的害怕，明显被一种暖色的安全带走——那是寺院与青稞叠加在一起的色彩。当狗吠声传来，随之而来的是阳光垂直落地。如此天气，与上次来此地一样。雨后的阳光打在红光满面的寺院。而周围，或更远的地方，依然被雨雾缠绕。武汉小伙一边品尝酸涩的野山果，一边让我帮忙拍照，他手指那片金色的青稞地，寺院金顶自然成全他当背景。

刚进寺院，上次出现的猫和狗，就从木栅栏里飞了出来。武汉小伙蹲下来，开心地抱起它们。谁知这一抱，就松不开手了。瞬间，寺院周围飞来的猫和狗，越来越多，一只比一只袖珍，它们的争吵声，足有一个合唱团庞大，全部往一个人身上蹦跳，将武汉小伙即刻绊倒在地。

平措旺杰听到响声，远远地伫立在寺院门前，笑了。

他转过身，告诉我，他师父已经归来。

我们走进去。见师父正在念经。头也不愿抬，一句话也不讲。平措旺杰把头靠近师父耳朵，说了我的来意。师父仍一句话不说。这和初次来此的廖姑娘，遇到的情形是一致的。她说，平措旺杰的师傅，从没与她说过一句话，尽管她涉足寺院十多年，但在眼睛与眼睛的重逢中，她坚信师父是世界上最懂她的人。

八

我们选择悄悄离开，天上突然下起滂沱大雨，只好加快奔跑的速度，雨从不同方向攒来，让人无处避害。苯日神山的雨，就像不可触摸的风，说来就来，落满山谷，通向地心，绝不容许有过荒芜之心的人再长一棵荒草。有些地方的雨，只能落到身上，苯日神山的雨，落进我心里，让我看见生命中不少令人唏嘘的空白，有些地方，人们就身在其中，却不懂得安放自己的灵魂，反而还在满世界地拼命找寻，有些人，总在带着满身尘嚣回眸来时的方向，才发现原来被自己寻找的所谓安静一直生长在最初的伤口上。当我抬起头，扬起手拭一缕打湿的头发，便听见了苍老的歌声。放慢脚步，停下来，坐在哗啦啦的流水边，缓慢地转过身，搜寻那个歌声。

雨中飘荡的武汉小伙，倚在石头边，像一棵神色慌张的野草。

不远的山坡上，出现了牧羊人。

是他在歌唱，是他的歌声绊住了我们的去路。那是我熟悉又陌生的歌声，忽远忽近，忽高忽低，忽明忽暗，忽悲忽喜，忽快忽慢，忽唱忽说，仿若寺院里看不清脸的师父在拨动心上的念珠。我站起身，朝着歌声走了几步，在一块静静的嘛呢石上，意外拾起一件东西，那是牧羊人遗失的乌尔朵。我把它一直带在路上，再也不想让它成为岁月的遗物。直到经年，我的歌声被雨水打湿，像一道彩虹在苯日神山上空升起——

"总摄太阳宝座的神山呀！"

壤塘书

一

较之青藏阳光的属性，壤塘夏日午后的热度，明显少了些隐秘的清凉与坚韧的刀锋。除了云朵相融的白色山尖，河流、森林、寺院、青稞、行人、建筑、马群、帐篷、草地、石头、狼毒花，以及那一群年少的红衣人，所有表情都袒露在烈日无痕的空气里。

只有掠过视野的白塔，自从进入马尔康后，高的、矮的、大的、小的，有时零星地闪现在前方路侧，如一个静默、独幽、庞大的隐匿者，有时忽然又以一排排的格式出现。在阳光与风声掩蔽的绿天里，白塔一路都在弥散看得见或看不见的味道。我想，之于车上的多数人，那种味道是不易被看见的，而之于我，那是熟悉又陌生且确信无疑的——来自壤塘深处的味道。

此时，很想写一句爱与慈悲的诗——

之于大地与天空的内心：曲登嘎布一直都在歌唱。

在藏语翻译里，曲登嘎布通常被藏族人称为白塔，其实也就是书面上所说的佛塔。圣洁的白塔，传递出的是同一种桑烟的暗香，只是桑植的生长土壤不同。多年以前，在文字里，我说过西藏的味道，主体来源于白塔上空的桑烟。而壤塘则别有一番滋味，白塔总是赶在所有的事物之前抵达——它比梭磨河与则曲河流水的速度更快，甚至超越了我们整天被河流追赶的车辆行驶速度。

有时，白塔就是一片地脉的先知。但煨桑，只是百余种草药炼成壤塘藏香中的一种。

在壤塘，只要有白塔的地方，就不难发现桑烟与寺庙的踪迹。几天时间，我们走进一些寺庙，还有很多寺庙未能进入。可以说，所有发现或未发现的，都在众神与个人的缘分之间。在这里，几乎小到每个村都有自己的寺庙。村人朝圣寺庙，就像我们在故乡赶集，但我们注定是局外人。

我记住了霞光里那一座吉祥多门塔——它的组成部分包括塔基、须弥座、覆钵塔身和塔刹。塔上圆下方，多层多门，独自空旷，雄踞苍穹，色彩接近于霞光多变的魅惑。遗憾的是，天色太晚，只看见几只乌鸦的眼睛在风中炯炯转动。

在天边，青色与蛋黄色交织的云丝间，乌鸦在蓝色的天河之上，亮翅穿梭，营造了几分玄机与奥妙。那些随风上升的桑烟，带着人间的苦痛与不幸，化为非檀非麝的香气蓊葧，传递给天堂，连通另一个世界，回向慈悲和爱。伫立烟尘之间仰望或聆听的人，此时都成了一个个幻影，缥缈、弯曲、模糊，甚至正在消失。他们究竟看见了什么或听见了什么？我不知道。

在壤塘，草木的确有一个强大的理想国。

这样的理想，是草木的初心，是寺庙的碎屑与灵骨，比起树林里安静的经幡或在路口接风洗尘的隆达，桑烟最能辨识草木的属性，它消散在空中的面孔更具有隐形的力量！

我想起了青藏高原林芝苯日神山的经幡，它们在山峰与天际之间堆积的情感，似乎更为突出风景的表现，而面对眼前川西壤塘藏区的经幡，心底像是生长出几株安分、自由、随性的小树，随时摇曳在心门之外。在大地的阶梯上，经幡看似寂寞；在风的助力下，经幡既是山、树、油菜花的陪伴，又具有独一无二的使人忘忧冥想的引力，它与路人的幽会，凭的是一双眼睛在路上的缘分。只要看了它一眼，就如念了一次咒。而此刻，我渴望表达壤塘世界的色彩，正是经幡提醒心的觉察而来——

山谷芬芳。

车窗里没看见经幡的人，是很容易错失缘分的人。在壤塘，经幡是一种美妙的传唤。在你离它很远时，它已经向你微笑示好了。同时，它又在招呼身边的同类，不远处来客人了，好比宗科乡伊东村八家寨亲切好客的乡亲。

他们对待一个远道而来的陌生人，有一种认领。仿佛我的前世在这里走失，而他们的守候不变，就是因为有一天那个人必将回来。这种珍贵的情愫，即使在影视剧里也已消逝好多年了。不同的是，当那个有多民族血液融合身份的志愿者周凯，念着我的名字，提着我的行李，将我从车上带下，领进冷布家时，火塘的火呈集束状上升，几双眼睛重逢在一起，让我很快如一只羊羔，在饮尽一杯芳香的酥油茶后，随意地躺在了舒适的卡垫上，丝毫没有落单的拘谨与陌生。

<h1 align="center">三</h1>

在安多语里，冷布音译过来，竟是事事顺心如意。这与西藏很多地方的音译差别甚大。论发音特点，壤塘这块地域诞生的名字，比起西藏遍地都是的扎西、罗布、尼玛、次仁，就要小众多了。比如，眼前这个叫塔木确的少年，他因为在马尔康上学，能够用流利的汉语与我交流，于是便临时充当我的翻译。他的名字更有意思，几乎饱含了人类普遍具有的进取精神：步步上升。他是冷布的外甥，塔木确称冷布舅舅。而他的微信名片"凌晨四点"，更是印证了一个藏家孩子超乎寻常的能量，这让我产生了几分好奇的揣测与个人对照的惭愧。

"塔木确，你用这个昵称有何特别的意义吗？"

"噢，起得早的人，都是很努力、很刻苦的人，他们争分夺秒，最终会有所成就。但是人们普遍看到的是他人的辉煌时刻，而看不到他曾经的艰苦历程。虽然，有时结果不代表什么，历程才最重要，但在努力的征途中，你会遇见另一个自己，陌生的自己。所以，我想从别人睡得最香的时刻出发，去找寻未来的自己。"

几天后，塔木确回答我的内容，让我在远离壤塘的成都，对他的印象有了不一样的审视。这近乎苦修者的行为，竟然在一个少年的生活里如此执着，这是青春的真相吗？后来，我明白了他迟复我信息的缘由。那些天，塔木确跟随伊东村人去拜神山，除了风和云，山上没有信号。

"在神山上，你可遇见了自己？"

"这次遇见的不是我自己，是活佛。他对我讲了很多，尤其是劝我们村的人不要喝酒。在马尔康上学，我始终按活佛说的那样提醒自己，可是有时还是没法坚持凌晨四点起床，但我一直在改变，像我这样的人，只有通过读书才能找到一条属于自己的路，希望不要辜负家人。"

四

那一夜的交谈中，我注意到客厅暗角，有个看不清面孔的影子，坐在椅子上听我们说话。透过影子的姿态，他在暗处的静默，像一条懒洋洋的鳄鱼躺在岸边，做它的沙漠梦。他的出现一刻不停地纠缠着我的心。他为何不参与到我们的话题中来？在这个家庭里，他充当什么角色？因为他的姿态，我总不时地将视线移向那个暗角。除了冷布、周凯、塔木确，木式藏楼宽敞的客厅暗角专属于哪个影子？我想问问——他究竟是谁？可聚光灯太过明亮，我不敢对那个影子说一句话。那个姿态，是我在布达拉宫里的每一座走廊里发现最多的姿态，也是西藏所有寺院里随处可见的姿态。

我东想西想，终究不敢多问。但这并不影响我对他的判断。

第二天清晨，冷布带我上楼参观他家的经堂。在门前，先要脱鞋，进得经堂，正面佛龛上供奉几尊不同教派的祖师像，在酥油灯的光泽中，尽显晨中的寂静与温和。有年迈的，也有年少的，对于他们的名字，有些我可以一下喊出，但也有迟疑喊不出来的，因为地域教派的不同，决定了当地人追随的信仰各异。关于教派的选择，在壤塘地界的一个家庭中，完全可以看出随性的自由。

沿着壤塘的文化地标行走，经幡在风中引路。眼前总挥之不去人在拉萨的错觉。这种错觉，多数时候是因它的寺庙引起。外观以洁白与绛红为主体色彩的寺庙，不由让人想起闻名于世的红白布达拉宫。以位于中壤塘乡境内所分布的藏洼寺、确尔基寺、泽布基寺构成体系的壤塘寺为例，尤为明显。闲步于宏大的宗教建筑群，总感觉置身在拉萨那一个个在暗角的影子里。我举着一张清晰的面孔，而他们只是如影随行的影子。不是我在看他们，而是他们在看我。但错觉毕竟只是错觉，它经不起事实睁大的眼睛。壤塘寺承载的不是西藏广为人知的藏传佛教中的几大教派文化，而是属于特有的极其小众化的其中分支觉囊派。严格说来，觉囊派算得上萨迦派的传承。对于一个局外人，我觉得教派不必有大小之分，一直以来，对于修行者这种认识上的偏差与执念，好比学术上的不同观点与理解，然而，存在即意义，在内心里，我都保持相当程度的敬意。

关于觉囊之根如何从地处日喀则的萨迦寺转移至川西阿坝州壤塘县并枝繁叶茂，这其中涉及的人事，以及当时的种种秘闻，只能任其传说和遥想罢了。

不过传说总是离不开桑结的指引。在藏语里，桑结是佛，是一切觉悟者，成就理想的人——他能够摧毁所有蒙蔽智慧负面的障碍，培养一切属于心灵的人性正面特质。

尽管壤塘寺离中科乡不远，但塔木确居然没有一次涉足的经历。这真的与他们个人的教派有关？

五

当经堂里的冷布冷静地用手撩开墙上的黄纱，让我仔细看时，一幅幅精妙的彩金唐卡，顿时让我眼界大为震撼。这里并不是寺庙，它只是一个普通村民的家，是一个佛弟子的栖居地。四面黄纱覆盖的墙壁上，呈现宽大的唐卡，在经年的光阴里，栩栩如生，光芒昼夜。比起拉萨许多人家墙上悬挂的单幅小唐卡，这是我从未见过的家庭式经堂。理论上，它的富有是任何都市里的高富帅都无法坐拥的幻象与现实。

与佛相拥的人，他们的命定装着的尽是福祉。

尽管后来，我在壤塘寺掀开过那缥缈的黄纱，数米高悬垂地的唐卡也曾让不少同行者叹为观止，但它们远没有冷布家经堂里的唐卡让我亲近。论时间跨度，冷布经堂里的唐卡，迄今不过三十年，而壤塘寺里的绘画艺术、唐卡及其他珍稀文物，多来自唐、宋、元、明、清，以及民国时期。这多少有些让寺庙中的僧人引以为傲，因为唐卡上存续的历史不仅让寺庙在朝圣者中拥有了高度的认同感，同时也让身在里面守候陪伴唐卡的僧人拥有了不同的光彩与心性。

冷布面对唐卡的眼神完全可以丈量出幸福的距离。他的满足感就像草地上随风飘满山谷的桑烟。时间之差，离不开一个共性：那就是精湛的唐卡艺术与呵护者重叠的那颗比珍珠明亮的心。

离冷布家大约七公里的日斯满村石坡寨，有一座至今保存完好的日斯满巴碉楼，相传是当地土司为其画师修建。可见画师在壤塘这片土地所受的尊贵礼遇，因此不难理解壤塘传习所至今聚集着那么多热爱唐卡绘画艺术的孩子。他们从笔绘、刺绣、贴花、缂丝、织锦、版印等各阶段一路走来，都将经过严格的培养与级别考试。一个成熟的唐卡画师，他的成长期不会低于十五年，甚至更加漫长，相当于一个孩子从童年迈向青壮年的过程。

不难想象，冷布经堂里的唐卡，其画师定是日斯满巴碉楼老一辈画师的传承者。这个判断，得到了塔木确外婆的认可。外婆经常给塔木确讲老画师的故事。唐卡从某种程度可以代表一种显赫，壤塘的唐卡之所以有世界影响，与一代代画师的传承分不开。

此刻，我面前又出现了那个影子。这不是幻象，他就睡在我的面前。虽然他应该是一个实实在在的人，但我不知他是不是昨夜看见的那个影子？因为他身上覆盖着氆氇，连半边脸也不让我看清。尽管有冷布的陪伴，我还是不敢在经堂里多待。

那个影子寸步不离地伴随着我，让我不得不多想一些事情。可一路想来想去，那终究是一个凡人想不明白的问题。

其实，就地理划分而言，壤塘虽然海拔低于青藏，却没有脱离青藏山脉的体系。从未想过，人还在壤塘，翻过山，伸一只脚的距离，就可以到达青海。这个十分突然的事情，让我在壤塘的宾馆里做梦也没想到。到了返回时，原来那几个还没上车的人，居然是在一个起风的夜晚，结伴去了青海。他们的面孔在我脑海里，顿时成了一个个随风奔跑的影子！风也追不上的影子。

可我很难在壤塘的地理上，想出一些青海的事情。毕竟青海在我储存的记忆里，离壤塘太过遥远。

在成都的某个下午，我排除了影子的干扰，特意翻开地图，查找那些与壤塘相互依存的地名符号，著名的甘孜色达寺离它只有一个残掌的距离。甘肃的甘南、合作，也在壤塘的眼皮子底下，而青海班马已然成了壤塘背靠背的陪伴。

六

漫长的距离与漫长的时间，都不够用来回望壤塘。河流之上、山谷之间高高搭起的一座座路基挡住了我的遥想。如果交通不断便利，则意味着距离的缩短，壤塘的味道也将随着增长的人群被消解。藏族的、羌族的、回族的，都在我未知的空间里，如海子山下被一粒粒黄连素般的格桑花包围的野鱼。它们在清澈见底的水里，来来去去，从不躲闪人类病态的目光。

而有的人，越是面对野性的稀世之物，越是想早一点把它噬进胃里，化为乌有。

在西藏，我绝不认同那样的花，竟可以叫格桑花。因为她的平凡与渺小，就像没有长开眼的一窝小虫子，一窝接一窝地繁衍生息，游离在潮湿的泥草里。它们的形象怎么能够匹配格桑花的美名？罗布林卡的老喇嘛，在阳光乍现的午后，指给我看的那种粉中施紫的格桑花，直到走出拉萨，找遍世界，至今也未见其踪影。

但格桑花早已俘获我心。

壤塘草地上的格桑花，绝不是我想要摘的那一朵。那个指着黄连素花朵介绍格桑花的女孩，她不懂我的失望。真的，那一刻，我绝望的心都有了。当"壤塘"二字正式添列我人生旅程的词典，我只想赶在那几个尚未从青海返回壤塘的人之前，踩着摇摇晃晃的句子，像一个影子进入壤塘内部。

只是我无法摆脱冷布家相遇的那个长长的影子。他在原地疑惑，他让走出壤塘的我迷惑。不甘心，终于决定问问塔木确真相。

"哦，我想，你说的应该是我弟弟吧，他叫华青多吉。九岁那年，他选择了出家之道。这是他的骄傲，也是我们一家人的神佑，是我们十指连心的福报，更是我父母一生当中充满荣耀的大事。在我们村子，大部分家庭有一位出家人，有的甚至两位。弟弟出家的寺庙，参加十天学习时间后，才拥有半天的假期，他十天要面临一次考试，有时如果要陪堪布（藏语，译为老师），还回不了家。即使回家来了，也只有半天多的时间，第二天下午四五点，就必须赶回寺庙。他在寺庙里的学习时间，与我在马尔康读书，同样的紧张呢。不同的是，华青多吉在寺庙还将两人分组，轮流为那一群红衣人做饭。"

我不断地对塔木确重复着一句话："哦，明白了，我明白了！"可我到底明白了什么？是壤塘的影子？还是青春的真相？

朝圣者

　　在藏地，我听见过鹰与雪山的秘语，也听见过飞鸟与鱼的呢喃，更为撼动心灵的是，一个民族的身体与大地的贴面情感。这种与日常生活习惯并存的礼佛仪轨，如同滚滚铁流，在不分昼夜气候变化的温差里，叮叮咚咚，踩过一位旁观者瘦小的灵魂。

　　他们是世世代代永远在路上的朝圣者！

　　面对沙砾上流动的风景，作为旁观者，我是何等的边缘、孤独、无助，像一个婴孩被岁月抛弃在西天阳光照得最多的那块净土上。此时，世界唯有一双探询的目光，凝望着东方的佛光。一个又一个腰间围着厚厚帆布围裙的身体，从大地上爬起，满面尘土，双手合十高举过头，然后向前一步，将双手移至胸前，掌心朝下，双手向前直伸，膝盖先着地，然后全身匍匐，五体投地。那一刻，我坚信他们的眼神里装满了天堂的倒影。尽管手掌上戴的藏语叫作"恰克新"的木板，已经被坚硬的大地磨出亮光残痕，但他们的双手仍像泳坛健儿那样尽可能地一往无前，力挽狂澜，无限延伸，一直伸到不能再伸为止。

这时候，他们就用额头轻轻地叩响大地。

世界第三极每分每秒都接受着佛教信徒这尊贵的礼佛方式。他们在五体投地的过程中，将"身"敬，同时口中念咒的"语"敬，以及心中不断念想佛的"意"敬，三敬统一。每伏身一次，以手画地为标识，起身后走到记号处，再重新开始，嘴边掠过无声的六字真言，耳朵里传递着美妙的佛音。

然后，他们继续重复这样一组动作——周而复始，风雪兼程。太阳从一座雪峰消失了，又从另一条河流里升起，如一个生命与另一个生命的交替出场。在高原的皱纹里，他们就这样目中无他地，越过曲曲折折的地理等高线，日光模糊下的经幡告诉我，朝圣者额头上不仅写满了祖先的故事，甚至他们身体里流淌的每一滴血汗，都是释迦牟尼默默洞察苦难人间的泪光。是的，朝圣者无须任何一个观众欣赏；在雪风与阳光亲吻的长路上，欣赏朝圣者的观众只是有灵万物。

呆呆徘徊在原地。我知道，之于佛性意识如此自觉的庞大族群，一个流浪的异乡人除了拥有旁观者的角色，怎能追得上朝圣者的脚步？这分明是顺境和逆境相悖的缘由。逆境者在逆境中早已习惯接受无我、消逝甚至死亡，而顺境者大多总是以自我为中心，难以接受生命无常带来的突然袭击，无休止地生活在没有绝对安全的恐惧心理中，世间没有任何力量能够分割这两种矛盾产生的痛。朝圣者用一生的行动为自己打开了一条通往天堂的路，就像鹰群朝圣雪山的高度，看似缓慢，其实神速，因为每个朝圣者心里都有菩萨助力。

　　朝圣的路，注定不平坦。在我看来，完全称得上是一条人生的逆袭之旅。前面有山，山下有湖，湖的背后是遥远的城郭，被街巷折叠构成的圣城拉萨，有佛教世界里朝圣者最为鼎沸的寺庙。午后的玛布日红山下，被人群抛得远远的旁观者，拉着长长的影子，如一只变形的蚂蚁，站在低处仰望云缝中夺目的红衣人影。不远处，八廓街朝圣的佛弟子如同蜻蜓点水，一个个追赶着从一个巨大的圆盘里喷薄欲出的比流水更快的光阴。一年过了一年，一辈过了一辈，生生世世，没有什么能够阻挡他们对来生的渴望……

　　想了又想，真不知他们从哪儿来？又将在哪儿暂时停泊？如果遇到不可抗拒的因素阻挠，他们能否回到初心萌发的地方？双膝磨破了，腰间的围裙抵挡不住餐风露宿的严寒，溃烂的额头上结了一个厚厚的茧，里面储满了一路的漫长和艰辛，无论季节怎样轮回变更，大雪飘飘也好，骄阳似火也罢，哪怕雪蛋子突飞，他们照旧这样义无反顾地把自己的全部一路献佛。为了额头上的那个"茧"，曾有人对我说，他们就算死在路上，也是幸福的。在后来长达数月的一次跟随过程中，我发现死亡者的幸福居然由另一个朝圣者替他延续完成——他敲下亡灵的一颗牙齿，保存起来，带到大昭寺，镶嵌在释迦牟尼殿前的柱子缝隙，让佛祖看见，亡灵已经抵达圣地。

　　这是佛赐予朝圣者最大的圆满。

　　我尚未学会像朝圣者一样匍匐大地，但我亲见了朝圣路上圆满的踪迹，于是对天空与大地生出无限的忠诚，包括对自己和万物的信任。我向往朝圣者对佛虔诚的朝拜方式，相比之下，他们的行为该让多少鸟儿般叽叽喳喳的背包客止步汗颜啊！毕竟他们的装束不是轻轻松松的游客。在朝圣者背后的目光里，佛弟子是一群永不迷路的理想者——尽管路边飞过的鸟不认识他们，崖壁上生长的树不认识他们，天上横空飘飞的隆达（印满祈祷文的彩纸片）不认识他们，路上伫立的我叫不出他们的名字，但因为有佛的感召，他们便产生了信仰磁场，跋涉朝圣之路。这条看似没有尽头，却被他们身体擦亮的路，总有一枚刺目的太阳追赶他们的脚步。没错，他们相信来世的最美家园就在路上，他们用佛光与虔诚把自己身心的尘埃除掉，用爱与痛把灵魂的伤疤除掉，最终带着干干净净的身体去见德吉（幸福）的天堂。

这是朝圣者一生执念的伟力！

生活中，我一直怀揣敬意欣赏藏民族在有限的地理空间中，营造出的无限能量和空间。他们一生都在朝着佛的殿堂迁徙，就朝圣而言，那是一种怎样不朽的力量才能支撑的永恒信仰啊。如果把朝圣比作一项体育运动，我认为这样的运动比世界上任何一种药物都更具健身的功效！但从人类的寿命来看，藏民族在高天流云下的雪域又算不上长寿之最，但是他们却十分智慧地延续了一种比河流宽广古老的宗教，这让向着圣地蜂拥而至的异乡人有着何等的惊疑？在今天这个竞争激烈、信仰遗失、虚假信息漫天飞的年代，你敢说你对某个职业的热爱和忠诚有着朝圣者虔诚的一半吗？就拿写作这件事来说吧，十多年前我身边一直跟随着一拨拥有表达欲望或梦想的人，后来，这些人当官的当官，下海的下海，甚至有的没有当上官也谋权走私倒在金钱的诱惑之中，写作这个神圣的职业与他们再无关系。至今仍有不少人，渴望通过写作这件事来修正某种被误导的观念，或被势力眼光刺穿的内心世界，可这样的人，比起朝圣者的神圣感就差远了，因为他们内心不具有宗教情怀，所以仅仅是一时的渴望而已。也就是说，他们只热爱自己的利益。从宗教意义上来讲，即使成功垂青他们，也只是一种摒弃，杂念越多使人越无方向。

而朝圣者，他们终其一生努力，心中唯有佛。

风在吼，雨在奔，就在我遇见那位老阿妈的下午，她正倚靠在路边的一棵树下避雨，那干裂的嘴唇被厚厚的血水凝固，手上的一双"恰克新"已经残缺不全，腰围上的那块围裙早已千疮百孔，她在想什么，我不知道。面对她绝望的表情，我只知道这个名叫羊八井的地方距拉萨还有很远很远的路。当时的雨水，正以断了线的珠子向大地抛洒、洗礼，我以为她会痛哭流涕，声音凄绝。可她看都没有看我一眼，那双苍郁的眼睛里蠕动着一条条蚯蚓。在她身后，是空旷的原野，山坡上吃草的羊忽然抬起头，笑她；树枝上的乌鸦以另一种表情关注她。离她不远的小河边不知什么时候出现了一道若隐若现的彩虹。她没有理会我疑惑的目光，而是把雨水撕破地面后冒出来的蚯蚓一条条捉进自己的藏袍捧着，再把它们放到远离公路的草地里。朝圣者热爱生命，不让过往的车辆碾死任何一条蚯蚓。反之，朝圣者一路上也将得到牧人或其他人更多的关照。

想着老阿妈的善良，我转过身子偷偷看她，怎么也没想到她的身影早已没入那座目标显眼的嘛呢堆，这一切深邃得让人只能回想起一双风中的眼睛。

我很想知道老阿妈对蚯蚓说了些什么。也许，在风中的眼睛里，我的猜想显得太过浅薄。现代技术文明的力量可以缩短我们抵达天下任何一座寺庙的路程，甚至可以把我们的身心无限地抬升到云端，但朝圣之路没有任何捷径，只有五体投地，这与我所从事的艺术之路规则何等相似。我断定，再高超的科学技术也无法升华我们的灵魂艺术。在常年冰天雪地的藏地，对于那些远道而来的闯入者，所谓信仰只是一张火车票或飞机票，一次虚荣的旅行如同短暂地披一次宗教的嫁衣。那些成天幻想又渴望浪漫的女游客，到了藏地，那尖叫的声音恨不得把自己就此嫁给西藏。可这仅仅是一种外在的短暂虚荣，而不是内在心安长久的信仰。

在朝圣者耳朵里，这样的尖叫只可能离佛更远。

长风，从每一个地方走过，吹散了年年的传说。

经筒，从每一个心灵转过，累积了日日的蹉跎。

花朵，从每一个故乡开过，凋谢了月月的乡愁。

一个异乡人看见一个朝圣者，如同看见前世故乡最真实的炊烟一缕，敬畏之心油然而生。一个写作者面对一群朝圣者，如同看见珠峰在移动，残雪消融，佛光乍现，每一粒文字都是他对生命故事的灵魂超度。

在每个清晨和黄昏，藏地的每一次微笑和每一次痛哭，如同一首朝圣者的爱情诗蕴藏着天机——皎白的月光每升起一次夜空就多了几片光斑，天边的第一道彩虹，从一只藏羚羊凌空跃起的瞬间开始，沼泽地第一株新草遥望着看见与看不见的地平线，舒展腰身，不知疲倦，从一而终。大自然就这样在蓝色星球上构筑宗教，几绺火亮的云，再次将心胸拓宽，在世界的最高处上升。

圣洁的太阳毫不吝啬地将热情洒向这块没有阴影的高地，你怎能不朝拜和向往？神秘的佛像带着远古的记忆凝视着一颗颗绿松石的光芒，你怎能不朝它一路仰望？比湖泊更神秘的眼睛在蓝色的宇宙之下冥想，你怎能不边走边吟六字真言？谦卑的众生保持着世世代代所流传下来的姿势，带着无与伦比的敬畏与骄傲对着他们心目中的慧眼生生世世顶礼膜拜，从不停顿……宏伟的布达拉闪着耀眼的金色，洒向这些蓬头垢面的佛弟子。于是，比人心更大的喜悦笼罩着虔诚的队伍，无限的佛光再一次没有因为他们的渺小而将他们遗忘在时光之外……这种源自古印度的淳朴信仰吸引了敏感而焦虑的人背起行囊出发，他们渴望融入藏地，获得佛的指点，渴望融入这片佛的圣域，遇见酥油花开，他们干涸的心灵需要得到佛爱的浸渍，蒙尘的灵魂需要得到佛光的清洁。

但他们终究不是朝圣者。

于是，有人在鹰的翅膀上刻下：西藏，我生生世世的故乡！

于是，有人在十万经石上堆积：西藏，我从未抵达的乡愁！

也许，朝圣的魅力不在最后到达终点的喜悦，而在于通向无限遥远的路上，有一个名字对他的念想或召唤。我不是朝圣者，也不是游客。但一直以来，我视自己从事的职业犹如朝圣，在文字的世界里，我一次次清洁自己的精神，力求让每一个文字在保持本来面目的同时，讲究表里如一的卫生。我把世界不愿对人类说的话，通过一个名字所承载的含义对自己也对读者说——绝症或哀荣都不必印证，也不必倾诉，因为心灵与心灵之间是不可以复制的，因为血液与遭遇注定是不同的。不是所有的修行都能开出彻悟的花朵，属于一个人或一个民族的，也就只能任其享受孤独——唯此才有那样不属于游客之怨的天晴和下雪，那样连绵多日的秋雨飘散的瞬间，那时天上奔涌着乌云，光线是无边的晦涩，却清澈又透明，一种沧桑的清澈与透明，就像寺院里面历代修炼的活佛，只要看见他们的面孔，就看见了宁静致远的境地。境地，原来就是超然，就是心灵的风雨疆场，在激烈的相持不下之后，完全可以突然换一种方式，背对一座座灵塔，冥思也好，苦想也罢，只要机缘成熟，在逆境中习惯于念诵一个名字，就能够顿生出另一个世界！

因此，每次经过思想上的长途跋涉，与命运中的磕碰过招之后，坐下来，静静面对纸上一个个空白格，过去的烦恼已被抛到九霄云外，脑海里所有过滤的文字像念珠上呈现的一双双眼睛——它们或聆听、或微笑，那神态很可能已经意会——我低低地说了声你的名字。

墨脱的尖叫

一

当漫长的嘎隆拉隧道抵达黑暗尽头，迎接我们的是风和雾，睡在海面上的雾，遮蔽了墨脱的脸和灵魂，只有一些脱皮的古松显露在云雾之上的天空。墨脱路上没有路名，只有以"K"为单位的数字路基。而隧道的那一头，却是碎金的阳光普照。

廖维娜的诧异是从见到漫过嘎隆拉隧道的雾开始的。她呶着嘴，小声地问驾车的小伙——雾里有没有老虎和金钱豹？

"熊倒是见过不少。"小伙轻描淡写道。

由此，廖维娜开始了尖叫，比老虎凶猛，比金钱豹迅捷。在云雾里，尤其是眨眼之间，车子在高低不平的碎石路面上腾飞而起的时候，她的尖声尖气简直就要扎破小伙心上的轮胎。她害怕车子在控制不住的颠簸中一头冲进浊水湍急的雅鲁藏布江。她在惊恐中抱紧自己的头，一阵狂乱的撕心喊叫之后，睁开眼，看着窗外的背包客，吐出舌头，自言自语——熊呢，熊在哪里？熊会不会把我抱走？

在路上，除了背包客，散落在我们前后的骑行者，有时像柏油路上一只长啸的豹子，一个影子很快消失在树林里。还有一些挂着彩旗的车队，像从河里蹿上岸的一道道彩虹，有时是长长的一列车队，有时是三五辆车一起，当然也有一车成行的孤独客。他们的出现往往是在我们快要遗忘红尘的时候，尽管墨脱还是一个遥远的影子，但我相信墨脱不再孤独，那么多疾驰在山林的车辆证实了墨脱的喧嚣。

在我冷静严肃的批评中，廖维娜委屈地数着泪花——我在拉萨听到徒步墨脱失踪的人太多太多，有在雨季随洪水卷进江水中的，也有在林海中迷路找不到人的，还有在深谷里走着走着消失的，其中有一些是被熊抱走的……

"所以你随时都一惊一乍，拿自己当失踪者。要知道，你这是自私的表现。人一旦自私，就容易陷入画地为牢的危险。再说，熊凭什么只抱走你一个人呀？你是熊的亲戚吗？像你这样杞人忧天，即使前方的路处处安全，你也会感到险象环生。"

廖维娜双手蒙住耳朵："凌老师，别说了，一个无病的人怎么能够懂得一个有病的人？"

"自从 2013 年，扎木到墨脱的路通车后，派镇松林口的徒步者已经一年比一年少了。"手握方向盘的小伙想平复廖维娜的躁动与不安。

"你到扎木来接我们，我朋友肯定给了你不少钱吧？"廖维娜突然对小伙抛出一个现实问题，这的确让我感到女诗人思维的跳跃与混乱。

小伙专注地目视着前方，隐藏在大墨镜下面的眼睛，让人一点体察不出他的情绪。

廖维娜的委屈与害怕，在小伙面前，一点也不奏效。哭过闹过，小伙从没有减速的意思，反之在速度与激情中，继续他一个人在音乐声中摇头晃脑的刺激，对车上的我和廖维娜视而不见。

"嗨，问你啦，你跑这么远的路来接我们，收了我朋友多少钱？"廖维娜再次提出同样的问题。

小伙终于减弱音箱音量，看都不看廖维娜一眼，许久才答道："你关心的问题还挺多，但我不知道答案，可以吧？"

趁廖维娜下车方便之际，双手顶着下巴伏在方向盘上的小伙，抬起头，右手摘掉墨镜，斜着眼，悄声地问我："哥们儿，你怎么会带这样一个另类上路呀，不烦吗？你的耐心与修为让我在墨脱再待几年也学不来呀，真让我佩服！"

我转过头，想着该如何回答小伙的时候，廖维娜睁得比牛眼更大的眼睛在车后面，正盯着反光镜里一只横飞而来的鸟，"砰"的一声，鸟和她的头把一面玻璃撞得生疼，她在喘息声中抚摸着额头上突然肿胀的青包，快要休克。

鸟的死去，除了一滴触目惊心的血，没有留下任何痕迹。忽然感觉车一直在向天上延伸，路上有芭蕉与竹林陪伴的人家，也有电线杆连接的山坡。在山坡与山峰之间，渐渐听到了清泉流淌的声音。

人在瀑布面前，很容易清醒，也容易兴奋地忘却世界。这是一条日光瀑布，高度足有三千米，周围是树林与野花。高空冲击的水花让人很远便能感觉水质的清凉。水声落地的地方，是沙砾与石头，在阳光的辅佐下，弹跳的水花形成了几道交叉的小彩虹。廖维娜举着手机，轻轻地踩在柔软的沙砾上拍彩虹，不料水边站着一排癞疙宝与几条石缝中浮动的四脚蛇，正安静地观望着她的表情。她刚张大嘴，就被我严肃的表情盯得缓慢闭上了嘴巴。

周围低矮的野向日葵开得兴高采烈。廖维娜退守到那些野向日葵下，像一朵睡着了的黄花。

我蹲下身，掬起一捧水，寒彻心骨。事后，我常想，墨脱如此冰冷的水，能否洗去鸟或人的罪恶？那一滴鸟血足以验证墨脱的血型，太阳与风雨抹不去的血迹，在挡风玻璃上很快由红变成了黑，像沾了水的宣纸上一缕迅速扩散的胭脂。如果，所有与墨脱相关的血可以被采集放入莲花阁的顶层展出，珞巴族史的扉页必将血光一片。

世界上自从诞生了墨脱，哪一个历史时期进入墨脱的人不带几滴历史的血呢？

二

"你若再乱叫，就让熊来将你抱走。"我放下这句狠话，继续加快速度向着山下的墨脱赶去。

时间一路煮雨，时而落几颗天鹅蛋吓唬人，时而一阵妖风搔到树叶痒处簌簌响，天光在她的叫声中，一寸一寸地惨淡下去。乌云在蛋黄派与天蓝派的幕布上，织起无数根线条，它们的形成与山凹之间密布的电线一样，卵子般的鸟兽在线条里飞奔穿行，大自然炼狱的过程从一个极端连通另一个极端——绛红的、粉紫的、黛青的、褐斑的、纯白的、淡黄的、浅灰的、黑的、白的、软的、硬的……所有剪刀、石头、布在天空的调色板上，重聚与别离。而墨脱县城在这些变幻莫测的色素分泌下，宛若一碟小菜，大地上横竖齐整的红色火柴盒房子，从远距离的山侧看去，成了一只只粘在红砂糖上的蚂蚁。

当视野闪回树林，只见浓得化不开的黑，全部涂抹在她白色的衣裙上，再也看不清她的脸和眼睛。几头爬坡上坎的野牛沸腾着身体与我擦肩而过，它们胯下吊着奶瓶一样硬梆梆的生殖器，在行走中摇来荡去。再回头，踮起脚，我就看不见她的人影了。

天空的上方，只剩下她一个人的哭泣声，密林里的回音如一块千年融化的冰，穿针引线地从幽深的隐谷摔下来，那凄婉的声音萦绕在树梢或叶片上，砸在我必经的路前方，让人不安与氐惘。

她每一声哭泣，林子深处拖着粗劣声带与纤细哼鸣的鸟兽，就跟着回应一声。我听见，绝不止一种鸟，也绝不止一种兽，那是多声部的大合唱。但主唱者是她。人与鸟兽，一前一后的两个声音辨识度拉开的距离，如同五线谱上的圆点或休止符号，有高有低，有长有短。在墨脱，所有看得见和看不见的距离，都被一个个巨大的容器吮吸。这容器来自地形不规则的山谷、河流、平坝、森林等构成的形状，如皂石打造的石锅——它们装满了一个女人产自墨脱黄昏山冈的全部恐惧。

初临墨脱，不历经恐惧，怎么能辨识诗和远方？换言之，一个婴孩刚降临人间，大人不闻其啼哭声，反而担心孩子不正常。这是我不想在路上迁就一个女诗人的主要原因。她在墨色的森林中，因害怕而挪不动步子，除了哭泣，别无选择。可哭泣究竟能为她带来多少安全感？墨脱无法提供安全的数据与设备，相反，只要你看了那个容器一眼，所有的恐惧都已化着溶剂。她以为出发就能遇到一路格桑花，然后好运当头，她不知眼前的路，充满了荆棘与险象环生，她认为一个男人不接应女人的哭泣就是心狠。如果我不采用这种激将法，等待我们的只有熊出没。

她的哭泣拖音里夹杂着野牛的苍凉声。

我喘着粗气，停下来，那些闻风而至的鸟兽，噼噼啪啪落在树梢，它们得寸进尺跟踪并嘲笑一个满身滴水的雨人。我避开鸟兽的眼神，踮起脚尖往后面看，她没有跟上来。我迟疑的脚步挪动着，若长久没有听到她的尖叫声，我则要快速返回去，倘若她真的被熊抱走了，我就得设法让熊把她抱回来。毕竟她不是野人，她是跟着我从林芝出发到墨脱寻找诗和远方的女诗人！

在通往墨脱的路上，廖维娜除了哭泣便是傻笑。在傻笑与哭泣之间，她时不时地会发出一声令人心跳加快的尖叫声。风声挡不住，阳光挡不住，野花也挡不住，她无缘无故的尖叫如同一个轻度的脑瘫患者，充满邪气与晦气地望着这个喜怒无常的世界，如同望着她自己。跟这样的人上路，我感觉我们不是在抵达墨脱的视网膜，而是在一步步抵近恐惧的底层与内部。她的笑声，常常引得冰雹子无情地向我们头上砸来。

我开始后悔了，当初真的应该拼命拒绝她。当笑声、哭声、尖叫声成为一个女人获胜的武器，男人注定是没辙的。我曾怀疑过女诗人的神经质与不健康，在我荒诞的印象里，写诗的女子都有那么一点不正常的行为。廖维娜的笑声常常引得一朵朵粉色的合欢花次第开放，转个身，翻过一座山，迎接我们的是从石锅里跑出来的鱼一样的草，一条一条歪着脖子向天空延伸的草，它们是精灵，也是暗器。石锅一口一口摆在墨脱县城的每个缝隙里，里面装满了咒语，也装满了未知的秘史。

我探寻秘史，一次次将口袋里的汉字，抛进那些石锅，却破解不了秘史的原始密码，进退两难的尴尬，如一只长脚踏进深渊，长满风与雾的山谷，随时能够听见鸟兽长长短短的呼吸。我不喜欢廖维娜的笑声，仿佛那样的声音里传递着不太吉利的信号。更为严重的是，廖维娜的笑声，引来了树枝上偷袭我们的蚂蟥。当我还未来得及完成一张眼神深邃的照片时，一根比嫩豇豆粗壮的蚂蟥，已经蹿到我的帽子上，让我的眼神不得不变得深邃。我低着头急于处理帽子上的蚂蟥，不料运动鞋里也钻进了蚂蟥。手忙脚乱之际，廖维娜躲在一棵高高的白桦树上，笑声顿时变成了惊慌失措的哭声！

"妈——呀，打死我也不到墨脱来了！"话完，凄厉的尖叫声飘荡在整片森林上空。

奇怪的是，廖维娜的哭声里怎么传出一个咯咯咯清脆的笑声？在哭声连接笑声之间，墨脱的神经至少断裂了三至五秒，天寂地寞，我把脑袋机械地扭转了一百八十度，显然，这笑声是不远处走来的红衣人发出的。红衣人身材不高，除了一张古铜色的小俏脸，与露在外面的一只比碗口大的耳环，她身体全部被红塑料薄膜包裹着。红衣人站在离我只有九步远的地方，她的出现犹如山野一枝香气迷魂的野百合，笑声自天而降，我怀疑她是树上飘落的花瓣化身。红衣人一手捂住嘴，一手握着一株雪莲花，身姿在笑声中不断抽动，她的笑声一秒钟穿透了森林里的每一片叶子。忽然有一种雨声般的响动，密密麻麻地萦绕在头顶上空。

"为什么发笑？"树枝上的廖维娜哭丧着脸问红衣人。

红衣人冷冷地看了廖维娜一眼，用手上的雪莲花指着我，又是一阵银铃般的笑声："你看，蚂蟥，怎么那么爱他。"笑音刚落，树叶上不断有绿幽幽的"长豇豆"落在我身上，让我一路抓狂，一路飞奔，直到仁青崩寺里的喇嘛，数着莲花生大师遗留的念珠围着我念了半小时的经，我才苏醒过来。这时，蚂蟥已从我心碎的伤口中消失了。

一滴血，成了一个疤的结晶。

之后，我结识了很多被蚂蟥偷袭的人，他们也曾像我奄奄一息躺在仁青崩寺长吁短叹。那个喇嘛总会在傍晚时分出没在山下的蚂蟥区，有时是喇嘛一个人，有时喇嘛会带两三个他拯救过的男孩。他们带回的受伤者有北京老板，也有港台演员，很多是离开家来墨脱寻找诗和远方的女孩子。他们有的留下来，成了寺院的义工，主要负责去山下的蚂蟥区开展援救工作……

三

这是二〇一五年七月的一个早晨。

我用燃完一根烟的时间，走完墨脱县城，来到西边的莲花阁，看珞巴人储存在这里的生活宝藏。珞巴人，之于我并不陌生，陌生的只是墨脱。年少时在林芝八一镇生活，对珞巴人有所耳闻。除了身材矮小于其他我所见过的少数民族，最能让我记住的是他们的眼睛。那种忧郁与深邃，像是通过玻璃与水过滤后的沉淀物，我猜测这世上只有那样的眼睛才能逼近"念天地之幽幽"的准确意境。

谁也无法预料，猜测与见证之间，竟横亘着一段长达二十余年的漫长时光，如同隐藏在墨脱心脏里的雅鲁藏布大峡谷。

一九九四年，尼洋河的山和水静止在冰做的镜子里，少年酝酿了一个冬季的文字，以航空的方式，从八一镇永久新村一个小邮电所向着墨脱出发。那时，没有快递这一邮政功能，只有航空，邮件比普通信封大一点，边角印有红和蓝的斜条纹，比平信要多贴几倍的邮票——那是我寄给未曾谋面的老乡吕崇星的信。听父母讲，这个同村的军官在墨脱武装部当政委。

我在八一镇幻想过去墨脱当兵，墨脱成了青春的一个泡影。之于一个人无法重来的十七岁，纸上每一个字都像一块石头，掉进深不见底的黑洞。实际上，听不见任何回音的墨脱，让我既没进得去，也没出得来。

在梦里，我常常听见墨脱的喘息，如一只猛虎朝我扑过来。醒来，墨脱如一口石锅，被双手紧紧反扣在胸前，我生怕那只未炖熟的猛虎，从石锅里逃跑。吕崇星一直活在捉拿猛虎的墨脱传说里。这不是杜撰，可能是从故乡人那里听来的，所以我一直活在他的传说中，活在墨脱的心跳里。

等到大雪封山，等来雪化路开，等了一年又一年，我未能等到墨脱的回信。从此，墨脱住在我的咒语中，迄今住了整整二十年。在十年与十年的节点之间，我没有离开西藏。吕崇星披着虎皮，抱着虎骨，早已离开全国唯一不通公路的墨脱。

有一次，在另一个老乡龚旭东的引领下，在成都温江金马河畔我见到吕崇星。龚旭东与吕崇星一九七二年从四川荣县出发前往西藏林芝参军，虽然我与他俩相差三十年的人生代际，但他们都有理由进入一个后来者的墨脱文本。龚旭东分到林芝军分区第一通信班的当天，便开始了与墨脱的纠缠，他与战友们的任务是把全国父老乡亲写给墨脱子弟兵的家书，从林芝分批背到墨脱去。可直到退伍，他也没有把信送到墨脱官兵手上。之于生命，一纸思念，看似太轻，但信上的字比路上的石头沉，信里的情比雪山重。丢信事件，让他对那些至今没有收到家书的墨脱兵抱憾终生，他将用一生的文字去抵达墨脱。

我递给龚旭东一杯酒，他摇摇头——雪山上没有了路，人找不到方向，信就更没有方向了，狗日的墨脱，把我们背信的兵整惨了！

"一九九五年，你在墨脱是否收到过我的信？"我问吕崇星。未等他回答，龚旭东立马将同样的问题瞄准了他。看得出，龚旭东的愤怒，远远超过我的情绪——吕崇星，你知不知道，你提前毁灭了凌仕江对墨脱的无限可能，你究竟有没有收到他给你的信？

吕崇星冷冷地点头，用手摸了摸高高的鼻梁，伟人般镇定的眼神，似乎陷入了深不见底的墨脱深渊——他用比门巴人更深邃的眼睛扫视四周，然后缓慢地将目光拉回到眼下的酒杯，半晌没有吱声。

"来，喝酒，说墨脱干个毬哟，没得意思！"许久，吕崇星举起杯，好似突然从别人的梦中醒来。他嘹亮的喝令，引得旁边的茶客纷纷移位。

"啥子没意思，哎，你回一封信，有那么难吗？"龚旭东把酒杯捏得嘶嘶地响。我知道，他一定是在维护文学视角中的墨脱形象，也是在替我们发泄多年未能深入墨脱真相的愤慨——"在你面前，虽然你是政委，我是兵，但对于凌仕江曾写信给墨脱的你一事，作为一起入伍的战友，我必须指出你不尽责的老乡行为。"龚旭东有些醉了。

吕崇星望一眼天空，一声长叹，仍不提墨脱半个字。他的心思被无月的金马河抛到了九霄云外的墨脱。莲花阁在他眼睛里，宛如一滴飘散在大江里的墨汁。我在徘徊中想了又想，这莲花阁里存放的哪一件古迹，离一个故人的气息最近？但怎么看，都感觉故人不在，莲花阁好比在月亮上缺了一角。

如果吕崇星当年给我回一封信，墨脱的语法在我的文字世界里，就不会过多使用普鲁斯特式太多太长的句子，至少关于墨脱文本的精神向度，可能不是现在的呈现方式。我想，有一天它应该有着海明威句式的短、明、洁、美。但似乎所有的墨脱文本都找不到这两位世界作家涉足墨脱的历史足迹。

四

雪域高原的珞巴人，多数聚居于墨脱珞瑜区域。珞巴和门巴两支少数民族，直到 1964 年和 1965 年，才被国务院批准为独立民族。有关民族历史上的这个重大进程，许多民俗研究者在面对墨脱珞巴族的现实语境时，都绕不开一个河南开封人，那就是早期被派往墨脱的戍边人冀文正。

我的确想过要绕开这一被广泛提及的人物，但实在有些绕不过去。主要是我多次因一些文事活动见到冀文正。有时，即便没有见到他，也有人会在我面前提起这位年近古稀的老先生。提他者，八九不离十地与墨脱有着沾亲带故的虚拟关系。当年正是冀文正介入墨脱与数年的田野考察，使得两个人口较少，但民族特征相对明显的珞巴部落，进入五十六个民族大家庭中来。

莲花阁存放的冀文正著作，基本是记录整理，尚未升格至创作领域，但称得上珞巴族文化的第一手资料，这已然成为冀文正的传奇。

站在莲花阁，随便取个角度看墨脱县城，一片虚光，遮蔽了所有真实。身边专注的摄影师，自说是餐饮行业的老板，姓王，来自北京。王老板锁定墨脱的目光比我深邃，或许，他需要墨脱的虚，正如我拒绝墨脱的实。毕竟燃完一支烟就能走完的县城，在全球范围内也实属罕见，有价值入镜的内容到底有多少？王老板拍得最多的是墨脱的锅。面对不同形状的石头锅，他从不同角度拍个遍。写作之于餐饮的不同，我看到的多是虚拟之美，而王老板要的是实物之心。他进入墨脱就为那些石锅而来。

若不是路上那头大摇大摆的野牛，从城里摇摇晃晃地走来，我完全有理由相信墨脱是一座空城。

墨脱之空，曾让我一度坐在高高的仁青崩寺时，产生空茫与绝望。我蔑视过它若隐若现的存在感，主要表现在市政部门联系墨脱县政府给我协调的车辆，三天时间过去了，也没见到影子。几次打电话，县政府的人都说领导去林芝了，还没回来。廖维娜千方百计联系上的朋友，已出差拉萨。原本，我想深入出产皂石锅的那个村子同石匠谈谈石锅来历，可王老板说墨脱此去的路又远又曲折，若没有人带路，易迷失方向。王老板租的车，困在通往村庄的泥泞中，几天几夜才返回。他把相机里的村庄秘史与我分享，但我看来看去，发现只有石头锅。

进入墨脱四天了，感觉什么工作也没开展，除了县政府的人来过几次电话，我的耳边全是廖维娜躺在墨脱小旅店里的抱怨。几次走到墨脱县政府门口的梧桐树下，我都止了步。因为那地方，无论怎么看，都像村庄里一处经年失修的落单户。

在我无心看风景的时候，野牛的屁股后面，有一个手持雪莲的红衣人，赶着尘埃向莲花阁走来。

此时，手机突然响了。

是廖维娜打来的。她吵着离开墨脱，她说她再也不想多看墨脱一眼。她催促我："你快去打听一下，墨脱到波密的路，哪天才能修好？我要回去，我想早一天回拉萨，不要让我死在墨脱呀……"

天空挨着莲花阁顶层，一只手伸出去，便高过了雅鲁藏布江。高空之下的江水平静，看上去清黄清黄，像炎黄子孙流淌了一代又一代的血魂。此时，忽然想到一个人，不是吕崇星，但他在墨脱时，得到过吕崇星的呵护与帮助。我立刻拨通了时任新华电视总裁的邹陈东的电话，告诉他，此刻我正在墨脱挣扎。想下，下不去，想走，走不了。我要搜集的资料，几天过去了，县政府一点音讯也没有。邹陈东一声苦笑，但他并不替我的挣扎担忧丝毫，因为一九九四年十一月至一九九五年六月，他在墨脱挣扎过。他让我替他再看一眼曾被下放的连队，当年他在那儿写下了影响甚远的《在与世隔绝的日子里》。我说我看见了他赤脚光膀插秧的那块稻田。他说他正在美国，让我打电话向吕崇星寻求帮助。

电话打了一转，龚旭东把话传过来，说，吕崇星反对一切用文学形式去亲近墨脱的人，包括那些常在新闻中出现的所谓民俗专家，比起长期驻军墨脱的人，再多谈资与荣耀，都是厚颜无耻。书本上有关墨脱的文字与言说，多是没有到过墨脱的人瞎扯淡。

我听了非常生气。吕崇星太不理解墨脱了吧，真是白在墨脱待了十六年。

五

吕崇星见识过莲花阁里的竹楼吗？这是珞巴人曾经最舒适的住宅，如今这些竹楼都变成了木头、石头或水泥，竹楼里躺着几件羌笛模样的器乐，用竹子与麻绳捆绑而成。睡在玻璃柜里的皮具，是孟加拉虎、羚羊、长尾灰叶猴、大犀鸟……它们构成了珞巴人狩猎的历史。从文物的摆设呈现不难发现，珞巴人的宗教崇拜相当广泛，"万物有灵观"是他们信仰和崇拜的思想基础。同僜人一样，他们获得了自己的语言，但无法发明自己的文字，长期只能使用刻木、结绳记事、寓意深奥的谚语、民间故事及习俗等创造自身的灿烂文化！这一切，都因为有了莲花阁的见证而迅速消解，包括远道而来的背包客面对莲花阁所见而生产的想象障碍综合征，真正得以自然延续与发展的民族，是不太需要博物馆这一类载体的，这类博物馆的存在，很多时候，就是民族生态文化彻底消亡的宣告。甚至不少博物馆里的所谓珍存文物，不过是大胆造假的一种伪还原。

眼前，一副野猪獠牙装饰的面具引起了我的警觉，难道

断裂带上的灵魂

1
2
7

它真的与珞巴人有关吗？在拉萨时，我从一本书上读到这样一件事，早在 1914 年，英国驻印度专员麦克马洪曾派遣一名叫作比利的皇家陆军上尉，从次大陆一侧企图进入墨脱的珞瑜地区。在无人的原始丛林中摸索了半个月后，上尉发现一群头上戴有野猪獠牙装饰面具的人，正围着石锅、木碗，用手撮着进餐。他刚想拍照，一支长长的投枪迎面飞来，吓得他扭头便逃。事后，这名探险者在日志上写下这样的文字："这是一个尚未开化的民族！"

在墨脱，我们究竟还能相信些什么？

一个巴掌大的县城，让你怎能看见它的掌纹。遗落在莲花阁的珞巴文化是否还在吸引你？当安妮宝贝的《莲花》引得成批善男信女向着墨脱出发的时候，也有很多人质疑她并没有真正进入墨脱，所以才能由着想象天马行空。由此，效仿也成了一种遮盖，那么多走进墨脱的人，用行为虚构浪漫成为一种遮盖，而且是对现实与现代的双重遮盖。

我是个比较相信自然、尊崇自然的人，可在墨脱同样遇到了自然的叛变。一分钟之前，莲花阁还是金阳高炫，墨脱像一头安睡的野牛，静静地躺在明亮松软饱满的光线下，隐谷里的玉米、洼地里的花生、山脚底下的稻田、虎嘴上的竹林，如同苍天赐给珞巴人的世外田园，但障雾忽然从雅鲁藏布大峡谷升起，升成一片巨大的帷幕，眨眼之间，就盖住了整个墨脱的全部，甚至连天上的仁青崩寺也看不见了。神速的自然变化，看上去既神奇又美丽。

此刻，天籁阵阵，形成多声部小合唱，那是众神为自然祝福的赞美诗。同时，伴有雷鸣般的掌声——不远处，有位红衣少女，依偎着戴耳环的男孩，他们在云雾里奔跑，那飘逸的背影像是被云雾追赶着，一阵舒服的风，将他们吹上了一朵云。瞬间，云开了，草尖尖上，他们坐拥着一朵巨大的雪莲，接吻。逆光中，一朵飞起的蒲公英，肆意、热烈。大地上，落叶乔木，静静地呼吸银亮的细雨，再远些，一群红尾巴鸟，飞舞着最愉悦的时光。

大约持续了五分钟光景，一朵朵云，化着雾，有序散开，极地的天庭下，银河在拐弯，江山如水，云彩像卷边的浪花，而蓝色的天幕恰似静止的海水，白色的云呈缕状，浑然渐变成众兽狂欢——野猪獠牙、孟加拉虎、羚羊、长尾灰叶猴、大犀鸟，它们正围着天宫里拂袖起舞的红衣仙子和男孩，心领神会地点头摆身。可这天庭般的画卷，廖维娜却不愿出来多看一眼，实在有点儿遗憾。写诗的人，尤其是女诗人，更应该留在这里与圣境共存呀。

红衣人忽然走到我面前。她用手上的雪莲，指着我：蚂蟥那么爱你，你爱蚂蟥吗？

在我不知如何作答时，廖维娜电话告知晚上墨脱人请客。

我以为仅仅是廖维娜不愿意留在墨脱，结果请我们吃饭的墨脱人，照样不愿意留置墨脱。饭桌上，一个老墨脱说，当年墨脱两次通车盛况他记忆尤深，久违的汽油味扑面而来时，真是一种陶醉。这大概是 20 世纪 90 年代与千禧年之初的事，而那辆如今已被墨脱尘埃埋葬的车，几乎是被珞巴群众，从几十公里的山口，一步步推进墨脱的。老墨脱描述第一辆车的出现，仿佛是闻见了醉人的花香与女人怀中的迷魂香水。另外两位年轻的同志，只顾低头吃饭，对墨脱似乎不愿多言。他俩老家一个在贵州山区，一个在四川盆地。他们一年半载没有回老家了，老婆在家照顾孩子，一次也不愿跟他们到墨脱来。尽管墨脱的夜晚可以望见世界上最明亮的星星，也可闻到野向日葵散发的暖香，但就是挡不住想家想老婆想孩子想老人的冲动与折磨。

他们的话，让我面对石头锅里喷香的鸡肉与松茸，却失去了动筷子的冲动。廖维娜一脸愁容，手中的筷子如同停在空中的两根树棍。

六

楼顶上摇曳的玉米叶子，在夜空中呈现出各种人的影子，让人怎么也睡不着，仿佛天人合一的景象就在眼前。星星像带着发光体的虫子在风中蠕动。再往上看，它们在山峰的边沿如探出石锅的鱼脑袋，在墨脱的隐谷里游来流去。几株野向日葵在星星的眼睛里轻轻晃动着笑脸，那是星星划过仁青崩寺传来的呼啸声，我不知面对锅底里的墨脱，那些天上的星星会不会感到害怕？在一颗星星的眼里，从高空审视墨脱，究竟能够发现什么？对此，人类不得而知。如果星星可以变成一尾鱼，浮在墨脱之上，鱼的眼睛里，一定可以看见蚂蟥在谷底里的所有生活。

半夜，我被急促的电话铃声吵醒。这世界上有谁会在这种时刻打电话到墨脱来呢？家人每天看了我推送的微信都放心得不打一个字，这让我的墨脱之行十分安心。

又是廖维娜，她在电话里快要断气地呻吟道："凌老师，你快来呀，求求你，快来救救我！"

到底发生了什么事，熊真的出没了吗？廖维娜只管长一声短一声地呻吟，什么也不说。难道她是饿坏了吗？我翻身起床，从五楼火速冲到二楼，一脚猛地踢开她的门。

白色灯光照亮整个房间，她披散着头发蜷缩在床角，地上密密麻麻的蚂蟥如飞蛾般涌动，更为恐怖的是，在我极为震惊地发出"啊"的一声时，廖维娜掀开了蜷在身上的白色被单，她抖动着声音："凌老师，你看看，我是不是真的要死了！"

我的天啦！一条筷子粗的蚂蟥钻进廖维娜的两腿之间，雪白的床上有一团腥红。

正束手无策时，一个影子飘过窗前。伴随影子而来的是一阵熟悉的银铃般清脆的笑声，还有雪莲散发的阵阵芳香："我知道，你的朋友迟早会遇上危险的！"

没等我说话，红衣人将雪莲放在了廖维娜的两腿之间，然后从怀里取出一个银色的小壶，躬着身，将里面的酒全洒在廖维娜身上。

"波姆啦（姑娘），你这是干吗？"我用藏语与红衣人沟通。

红衣人定睛看了我一眼："谁叫你朋友当初不听我的呢？我多次邀请你的朋友去我家喝酒，她不肯赏脸，这就怪不得我了。再说了，即使我不再来找你的朋友，但我也不敢保证它们未必肯呢。"

"门巴波姆，你们的规矩我懂，我的朋友她不喝酒，你这是要把这些天没有喝成的酒，全洒在她身上吗？啧啧啧，多浪费这好酒呀！"我双手交叉抱在胸前，看着红衣人的一举一动。

廖维娜大声地喝斥道："走开，我为什么不能拒绝你的邀请？在僜人村，老酋长的邀请我也拒绝过……"

"呵呵呵，我们门巴人，家里有的是酒，就像藏族人家从不缺酥油茶一样，同样，我们的酒都是用来招待远方朋友的，我们一年喝掉的酒，比你们吃掉的粮食还多。你拒绝了我，当然要付出代价。"红衣人自信地进行着手上的一切。

"你给我住手！"廖维娜挣扎着。

红衣人淡定地看着她："噢，你还是乖乖地听我的话吧……"

廖维娜浑身被酒浇得像个落汤鸡，很快便闭上了眼睛。

"怎么样，你应该表扬我才对呀？"红衣人满脸红晕地望着我。她的话让我十分纳闷，你明明是用酒惩罚了我的朋友，还要我表扬你，这是什么理论。

红衣人的酒，似乎医治了廖维娜尖叫的毛病。紧接着，她从廖维娜的身体里，取出了那朵雪莲，放到灯光下，上面隐藏着一条九死一生的蚂蟥。

"好了，你朋友不会有危险啦。毕竟这是我管得住的家伙，在我们墨脱，还有一些我管不住的玩意，让你的朋友还得多加小心。"

红衣人的话，让我彻夜未眠。她管不住的玩意究竟会是什么？熊，大摇大摆地占据了我的脑海。

七

还记得墨脱的心跳吗？

之前，无论在林芝或拉萨，还是西藏之外的四川盆地任何一个角落，每一回不经意触碰到墨脱的神经，都会产生被电击的感觉。一层又一层鸡皮疙瘩，与闪闪烁烁的火花，在身体里由内到外如云般游走。这种身心大面积被不同海拔的阳光、云和雾侵略的事件总脱不了他人经历或文字织锦的壳。

想不明白，经过多年以后，当那些真正以工作之名，同墨脱生活在一起的人出现在我身边，面对我的疑惑，他们对墨脱的态度顶多只有几句让人无法抓住核心的轻描淡写，甚至有的一言不发，如同身怀绝技的珞巴族原住民，习惯了红色火柴盒里的孤独生活。比起墨脱路上张牙舞爪犹如蚂蚁啃骨头的徒步者，他们的淡定确认了我二○一七年四月二十日的判断——真正进入墨脱灵魂的人，他们早已习惯了眼见为实的云淡风轻。而太多选择墨脱当作探险与谈资的人，反而多是一生未能抵达的浮夸者，他们的言说与想象如同女诗人的呻吟与尖叫，他们有的虽涉足墨脱，但内心难以证悟墨脱的现实，也无法企及墨脱的意境与高度。他们永远只能是一只匍匐在路上的蚂蚁，墨脱之于他们只是一具悬而未决的尸体。

"就全球城市地理而言，人的活动范围太过局限，墨脱不能像更多内陆城市，带给人更多审美的可能。"这句话，是墨脱县城邛崃饭店老板驾着车，从仁青崩寺接我们下山时无意中说出来的。听起来，特别让人怀疑他的厨子身份。这简直就是教授的语言。没错，这个教授到墨脱已经二十多年，他竟认识吕崇星。

"其实，吕崇星的墨脱除了生死，没有什么浪漫可言。在墨脱，吕崇星思考的更多是边境的世界政治与战争，当然还有哨兵体内严重的风湿与痛到骨头里的风。很多年前的事了，林芝军分区召开什么紧急会，吕崇星在冰天雪地中，带了二十几个官兵打着绑腿，向着林芝进发。那一次，他真的是带着向死而生出发的，要不是当时他手上那根雪杖，可能他已掉进帕隆藏布江喂鱼了。此事，他一辈子也不会忘记，一辈子也不愿提起。冬季，天上飞着雪，地上结着冰，雪野没有路，弄不好就会迷失方向，活活被冻死。但就是那一次，他们二十几个人，在十天时间里，一个不少地走出墨脱，到达林芝，创造了生命奇迹，并受到表彰。"

教授说之所以愿意留置墨脱经营小餐馆，是因为一直想忘掉曾经在大学教书时，因赌博犯下的人生过错。

想想也是，一个见惯了墨脱生死的人，还有什么好说的呢？忽然发现曾经心跳一次次加速的原因，仅仅是来源于"墨脱"两个简单字眼，所带来的灵异效果。天下怎么会有如此奇妙的中文？"墨"与"脱"组合在一起，似乎完全偏离了汉语的轨迹。它的特质韵味来自不同年代的复杂信息——当它以一个遥远的地名，出现在雅鲁藏布江边，从此便让人震耳欲聋，让屋脊之外的全世界为它着迷、不安。

这时，我完全可以不为墨脱所惑了。走出墨脱七百多个日日夜夜后的二〇一七年之夏，我躲藏在成都翻阅书本，墨脱让我听见的不是自己的心跳，而是一个筑路少女吴薇的青春与热血。因为莲花路的诞生，那一声声持续漫长的尖叫，绝不亚于一九五〇年八月十五日发生在与印度阿萨姆接界的中国西藏墨脱 8.6 级大地震，大地母亲被撞击所发出的惊天动地的一声声惨叫。

八

站在莲花路上，我回头远远地注视着莲花中绽放的墨脱。如影随形的人，像是在送别，又像是在说咒语。

"对不起，我们的蚂蟥伤害了你的朋友，但我们门巴人从没有伤害朋友的意思。"红衣人双手捧着雪莲，背对着我。"你肯定不会再来墨脱了，你所看到的墨脱，都不是真实的墨脱。"红衣人的话，处处塞满了玄机。她的笑声，被风从大地上托起，比任何时候都更响亮。

真实的墨脱到底怎样？这又将从何说起。想象它时，它是所有牲灵中的庞然大物，再大的风雨也抹不去它灵魂的颜色与印痕。之于人，一代人有一代人的崇拜对象，之于一个地方的向往，我想远不是一代人的问题。在墨脱眼里，世世代代的人们都曾为它膜拜流血。而墨脱在我眼里，竟是未知的想象。墨脱的世界，从未真实地在我眼前呈现，即便我身在墨脱，也看到了墨脱。然而，就是这个地方，它只用了两个字，便收敛了世间一切人们欲速则不达的信息。

廖维娜说她再不去墨脱，余生就没那么多机会了。现在想来，她当时的选择无比正确。如今她躺在医院的梦里，成天疯言疯语，从头到脚插满了管子。

自从带着满身酒气上路后，野向日葵中飞出的一万只蜜蜂，就萦绕陪伴在她左右，任凭我脱下一件件衣裳，使出比风更大的力气，也扇不开它们对她的热情光顾——蜜蜂狂乱地将她紧紧包围，拼尽一命只为逮住一个贼。在墨脱的土地上，谁也别想偷走门巴人的酒。

与我们同行走出墨脱的，还有北京的王老板。夜色中，车刚到八一镇，他接到一个电话便像丢了魂似的跳到天上："我的锅，我的八百口墨脱锅呀。"

凌晨五点，沿着夜色，他又返回了墨脱……

念珠

　　藏文中，念珠叫"长瓦"。这两个字给人的想象空间太大，尤其藏文书法的笔画走势，之于如此二字，完全有凌空飘飞的状态。有人用一只手来惦念，另一只手用来想念，双手都用的佛弟子，常常坐在一半阳光一半阴影的角落，让念珠一粒粒从指间一步步走过，重在忆念上师相续不断的恩德。

　　在不少人眼里，念珠其实也叫佛珠。当然，与佛相依的人，或被佛恩泽的人，更多把它作为数珠，用于礼佛祈愿、歌颂、念咒语，当来记数。比如，念一遍六字真言，就拨动一粒珠子，反反复复，以此累积，这是念珠之于佛具的功量。对于不同的人，我想，念珠一定潜藏着不同的属性，好比每个人都具有不同的性格。念珠跟随信仰者的性格，数到一定时候，其品相与那个人内心的长相，也就八九不离十了。

　　家住西藏的时候，我从没过多留意念珠，因为那不是什么值得人大惊小怪的神物。许多年以后，我将此物视为那片高地上司空见惯的生活标配——那是一个族群命定的恩宠，是神山暗藏于蓝色星球的眼珠子，也是信守者灵魂之上的时间简史，是高原生活不可或缺的一部分。

真正留意起念珠，是挣脱父亲目光之后的岁月。这时，我已经具备成人审美的理论基础。一点没错，特提斯极地每天都放映魔幻天空，人在大地上行走，常常可以从天上发现自己透明的影子。这时，人可能什么都想抓住，但往往伸出去的手，够着了天地万物，却够不着自己的一片羽毛。比如一个久居拉萨的人，他认清了山上的风马旗，以及石头上刻满的千年祈祷文，但他从没看清自己被鹰翅隐蔽的脸。这时，云朵与蓝天，早已被一帧帧诗笺，夹进西藏书简——它们一定在等待，阅读高原的人何时能够在上面画一串念珠？

文字里，太多太多的人，都在讲自己前世今生的藏缘，或深或浅。理想的行囊，装满了裁剪于西天的诗笺，白色的阳光是它们全部的底色，那也是原始本教中走来的人们所膜拜的颜色。天空最蓝的那一帧诗笺，被我狠狠涂抹上孤独与纯真，它们比天空更蓝，但最终时间运行的速度，靠的不是孤独，而是纯真。孤独且好，尽管流年在暗中偷换过无数次，但我的孤独始终没有被速度中的时间偷走，它在一个人的世界里，就像生活的某种品质保存得完美无缺，好比不加酵母的葡萄酿酒，孤独饮尽的毒，被小尘埃压得扁扁的，宛若纸灯笼里干枯的格桑梅朵与合欢花。

在这个强调个人化的社会里，越是真实的生活，越不容易；纯真的东西，总是死得很惨。

天空虽已远去，我一直掩饰不住蓝雪的纯真，带着剃了又长、长了又剃的粗劣胡茬，不分东南西北地游走在世界各地。有时在城市，有时在旷野，有时在乡间，有时在古道，不管繁华商场，或是独幽的树荫街道，哪怕是旋转餐厅，或日光机场，行人中总有一个或多个手上持有念珠，但那个人并非纯粹意义的信徒。只是，他把玩念珠的动作或神情，似乎已经获取目空一切的安静加持。

突然发现，在镜中看不清的自己，在他人的念珠上看见了。

在青藏高原任何一个地方，随处都能看见手上拨动念珠的人。从四川到青海，从西宁到拉萨，不是一个，而是一群；青藏线，或川藏线，用胸膛在大地上昼夜行走的人，有的看上去像落单的英雄，被风吹乱的长发与深不见底的眼神，冷若冰霜的笑容，被阳光染亮的雪映衬得异常遥远，这样的人每天都在有增无减。尤其是早晨和黄昏的八廓街，那么多念珠随人群的步履晃动，阳光举过转经筒头顶，闪烁于衣襟与裤缝之间的念珠，就这样在朝圣者的日常生活中，获得周而复始的生命体征与大地般的自然纹理。在一粒粒活珠子的移动过程中，修行者嘴里默念善良的愿望，如同五彩的粮食，全被大昭寺的桑烟或鸟儿带走，那些来不及在空气中幻化成文字的颂辞，还没落到我的诗笺上，就变成了天空之城隐形的山峰和云朵。

被信念拨动的念珠，尚且如此；而那些躺在八条街巷店铺里的念珠，还在玻璃框的世界里，静静地呼吸、休眠……我不知道它们来自印度，还是尼泊尔，抑或更远的泰国。店铺里的主人，有的会说它们来自巴基斯坦或者不丹。不管它们来自何处，似乎到了圣地拉萨，这里的气氛更有理由让它们成为圣物。遗憾的是，我很少听说它们的产地是西藏，包括法器、经幡、哈达、佛像等。但不知情的外来者就很难说了，只要是西藏买回的宝贝，他们都愿意相信——这是佛祖赐予的生命礼物。在文成公主凝望的后窗，琳琅满目的各色念珠，挂满了一条条巷子，它们的神态如同雪山下不会说话的嘛呢石，历尽经年的日晒风吹，面目十分安详。

它们在等待那一颗智悲的心，或那一双慈悲的眼。相反，找寻各自心中那串念珠的人，却在念珠看不见的天涯。人与珠之间的距离，不是那根串珠的线，而是一个字——念。关于信徒，念是一种有声的表达。现代生活中人，虽多有佩戴念珠或手链，包括不少明星，但他们内心几乎是无念的，连一个修行者也算不上。

在那片秃鹫独舞的天空下，很容易发现念珠的存在，最多的地方当数寺庙。总有一种感觉，寺庙是阳光照得最多的地方，万物生长于寺庙的灵光中，念珠得到的营养自然充盈。这就不得不提到某些与寺庙高僧来往的原住民，他们隔三差五会往寺庙里跑，在他们的秘密行动中，出现相对较多的就是念珠。原来，他们是替消费者完成念珠的开光或加持。这个过程，送去缘分的原住民并不在场，消费者更没可能在场，只有高僧在场。

我相信，那是祥瑞之地赐予原住民守护内心诚信的一道枷锁。一串念珠就是一道枷锁，有了它的存在，念头便有了尺度，时间也就有了轮回。藏地上品的念珠多是一百零八颗，代表消除一百零八种单纯的烦忧。念珠的珠数在不同的教派里各有其义，种种说法层出不穷，一百零八尊佛的功德，或一百零八种无量三昧等，是修行者之于念珠粒数较为普遍的说法。

有一回，读到白先勇先生的一篇小说 *Silent Night*，被一串念珠久久吸引。那是一串一百六十五颗琥珀色的珠粒串在一线的念珠。当时，我没有在意这个数字之于念珠究竟有何意义。显然那不是拉萨八廓街发生的故事，这是曼哈顿夜色中的四十二街收容院，基督教保罗神父曾经与一群流离失所的少年在这里做礼拜。可是现在保罗神父躺在小教堂的棺椁里，永远闭上了眼睛。陪伴他灵魂的只有余凡独自一人。余凡跪在地上为保罗神父静静地诵经，他念一遍就数一粒念珠，世界所有冬日的下午都为保罗神父安静下来。有关那条念珠和余凡佩戴的十字项链，可以从余凡给保罗神父的一个吻中找到答案。用一个漫长的下午告别，一串念珠修补了所有天空的寒冷与漏洞。我不止一次将这篇小说推荐给读友，但我没有刻意渲染那串念珠，只是它的出现，在一件文学艺术作品中起到的点缀效果，不容忽视，这多少与一种不可言说的信仰有关。

每个人的念珠，颜色和材质都不同。我看到的佩戴菩提子念珠的人最多，为了增加观赏性，有的镶嵌着藏银包裹的两颗绿松石，或四颗通体血色晶亮的玛瑙，它们一定要区分于菩提子，有的坠子是一尊乌木的罗汉，也有戴白水晶念珠的人，那注定不是平凡之人。念珠的色彩以麦粒色居多，几乎可以说麦粒是念珠的主打色。在主色调基础上，加以其他修饰者，无奇不有，但这也代表了各自审美性情，似乎与个人内心崇尚的喜好不无关系。在拉萨的每一处地方，持珠念善者遍地都是，只要你眼光细致，走在那一群年老的善男信女身后，就会体察到那些念珠上面被经年的阳光，孵出了比针眼更精密的窟窿，但这些窟窿并不漏风，因为被生活中的酥油气息温润过后，肉眼看见的只有饱满的柔光之福，油渍渍的，简直比文物更具观赏价值。

但谁也不能任意抚摸修行者的念珠。

一个修行者的心弦上，常常能听到念珠被拨动的静音，那么他的精神家园，足以聆听莲花盛开的声音，那是他在寂灭中醒来的心跳。

我不知游走在红尘的人，能否用手上的一串念珠，拨去落满红尘的一粒尘埃？

当我在父亲眼里还是个叛逆孩子的时候，常常偷偷进入离我们家院子不远的寺庙。父亲有一条铁定的家规，就是不准我随便进入寺庙玩耍，若是被他发现，就将遭遇比铁更冷硬的拳头，严重的将被罚跪三小时。有一次父亲在寺庙里找到我，从腰上解下他那根军用腰带，朝我身上啪啪啪就是三鞭响，那一夜饭也不给我吃。为此，我们之间激烈的吵闹不绝。

"你再这样约束我自由，我就找领导告你！"我手指着父亲。

"自由，你懂什么叫自由？你每次让我找不见身影，这就是你要的自由？早知道，你这么不听话，我就不该把你留在身边。"父亲眼里在冒火花，他后悔当初没有同意妈妈将我带回内地。

因为常常一个人孤单在家，窗外寺庙里那一盏盏温暖的酥油灯对我构成了巨大吸引力。在寺庙里，有的僧人与我年纪相仿，不同的是，他头上没有塑形的发型，一个个光着头，身上披着一袭大红袍子，散发着陈年藏香的余味。那时，我有一个奇怪的想法，很想与僧人置换一下服装，坐上对方的宝座，感受不同身份的心性反应。

可那毕竟只是一闪而过的念头，如同那人指尖滑过一粒活珠子的时光。现在想来，还是因为我当时过于害怕父亲的冷酷无情，看到红袍子，内心就产生亲昵的本能表现。多数年纪很小的僧人，见了陌生人，眼神里总抹不去一层羞涩的光，仿佛我见到父亲暗藏着刀锋的目光一样害怕。有的听说已被认定为过世大师的转世灵童，但他们手上还没有念珠，只有经书一卷一卷的陪伴。

他们必须在寺庙里跟随上师，接受特殊的训练教育，准备日后成为大师。这样的生活程序，与父亲和他哥们儿扛枪的事业何其相似，都是一种执着的信奉主义，我以为寺庙里的人与父亲们信奉的终极意义都是和平。我们这一群"军二代"从小跟着父亲们摸爬滚打，母亲们却在很远很远的平原上，带着姐姐和哥哥留守等待。我们听够了枪炮的声音，天天被逼着向同一个目标强化训练自己的作风养成，既要学习文化知识，还要学会藏地不同的藏语，才可能成为父辈们心目中的骄子。但我无法把父亲与我难以达成的双重认同的信奉，转告其中一位僧人。他能懂我内心想要传递给他的声音吗？

真正幸运的转世者，少之又少，而被认定的那一位，每天都会被来自四面八方的人，问了又问，看了又看。有的恨不能自己也获得转世的认定。我看见那个已经被公布转世的人，除了表情勉强地同意与他人合影，从不回应别的所求，或许自从进入寺庙的那天起，他就学会了与自己交谈，不求认同，更不求回应。

我不知那些从小把心安扎在山外都市的同代人怎么样，但习惯了藏地生活的我，开门关门都能目视雪山与寺院，它首先教会人的是如何面对空旷与无限寂静的孤独，久之，我便学会了和自己说话。我认识的那位仁波切（尊贵者），比我大八岁，他站在人群中总是比别人先看见我。但我从不找他赐福摸顶，我只是习惯默默地看他们所做的一切，他绝对不会同一个信仰里只有诗和远方的人说一句话，像一个守口如瓶的保密者，生怕不明身份的人偷走了寺庙里的经典秘籍。无论什么时候见到他，他总是慈颜善目地看着我。这一眼似乎看穿了一个人的昨天、今天和明天。据说他住的那个房间是他前世看到祥瑞的地方，因为从小父亲有言在先，我从没进入他的房间，在信徒与凡人家庭的孩子之间，两个世界里种的庄稼，有着同样的命名，那就是沉默。

父亲的有言在先，其实只有六个字——"进得去，出不来"。当我欲再越寺庙半步时，这六个字就会从我背心响起，如一声惊雷将我击退。每次都想问父亲究竟是寺庙结构复杂，还是其他原因。

鸟落窗前，风在念经，我静静地伫立在红木格子窗边，往仁波切的房间看，感觉透过窗子的阳光，一道道聚集在那些神像上，来见他的人被窗外投射的阳光打得看不清脸，而清晰的是满墙的壁画和经书，以及那一串在他手上犹如法音潺潺而出、美如诗篇的念珠。

的确，后来我想过不止一种理由，想我当初为什么背着父亲冒那么大的危险，偏偏要去寺庙看个究竟？我什么也没看透，只看见他手上的那一串念珠，在阳光下闪动着安静的光。难道我是去听他念经的？可我一句也没听懂。他手上的珠粒与跑过他嘴边的经文，速度等同一个字——快。

他在念咒时拨动念珠的滴答声里，是风声把月光吹弯的黄昏。我一次次路过他的窗前，发现他微闭双眼，坐在那儿修行；不管他有没有看见我，我只管看他手中拨动的念珠。有时，我幻想他嘴边落下的一个经文，被我双手捧起，像小时候在记忆中的蜀南同哥哥和姐姐们，捧一只萤火虫，从夜风中穿过。下一次去看寺庙里的合欢花时，他的眼睛早就看见我来了，但他还是坐在那儿一动不动地修行，眼睛看着的却是合欢花，只是手上不断拨动着念珠，加持意念中花开的美好世界。

我能拥有一串念珠吗？这个确凿的想法不在当时，而是在父亲快要离开他的西藏的时候。可是，在一个严父眼里，儿子捏一串念珠，他会作何感想呀——你每次都说去寺庙看花？你知不知道那些花都是谎花。这是父亲训斥的开始。接着，他会把声音提高两个八度——谎花，谎花，都是不会结果的花。我警告你，别忘了你是军人家庭的孩子。我平时去寺庙都是对父亲说谎去看里面的花，不敢说仁波切手上那串阳光下闪亮的念珠。父亲对我的理想世界，绝对容不下一串念珠的存在。哪怕私藏一粒念珠，也有激怒他的危险，弄不好就是和一粒子弹的作用一样。子弹一般与谋杀或玩火有关，我之念珠在父亲看来，很可能上升到玩物丧志问题。

因为父亲的离开，院子附近的寺庙自然淡出我还未进入内部就已熄灭的向往。父亲没有带走西藏的一片云，而是将我同他一起带回到平原上的母亲身边。但一串念珠洋溢的温暖，以及它所带给人的不同气场，就这样从少年延续至青年。直到远望西藏，我依然两袖清风，手指上不染一粒念珠。

当身边许多人，手持一串念珠，或脖子上戴着念珠出现在聚会或饭桌上时，我丝毫没有多留意它们一眼。有的甚至放到我面前，用布袋子裹着，狠狠地揉搓，这行为似乎与佛弟子生命中的信仰背道而驰。我知道他们更想要的是念珠的光亮，代表持珠人内心的光明，但他们一开始就误会了念珠的功能，内心的光亮并不是念珠的光亮所给的。当然我理解这参禅悟道修行的随身物品演变为大众智慧与时髦的象征，商业利益是个罪魁祸首，有人觉得念珠越是光亮，证明把玩的时间越长久，其价值就越高。这让我条件反射地想起那一次离开高原时，在飞机上，两个大胡子蓝眼睛谈起阿里时的蛮荒与野心。可以断定他们并不是中国人，但论人的长相，还真一时无法判断他们来自哪个国度。谈话中得知他们的确是多次游历喜马拉雅的人，在深入那片隐秘圣境的同时，他们渴望还能发现旧时代遗留的灿烂文化象征物，比如他们从牧民旧年废弃的帐篷里寻到某个时期某个人物的头像和徽章，那眼神激情四溢得快要流出油来，这种动机很不单纯。他们居然也谈到念珠，那眼珠子像是闪烁的金银财宝，难道他们去世界屋脊抱着这么大的猎奇心？这很容易让听者匪夷所思。

人类每天面对的烦恼与喧嚣，实在不少，长保喜乐、不骄不躁、佩戴念珠的人越来越多，各自目的已在教派寓意之外，念珠大量出现在广众生活里，形成了饰品与修行相接的现代生活符号。男女老少，不分国界，有的戴手上，更多的戴脖子上，他们意图表明行善才是证悟的出路之一。在我走过的地方，有一个现象可以说明点什么，那就是越是靠近世界屋脊相对近一点的城市，戴念珠者明显多一些。

拥有一串自己的念珠，是进入锦城八年后的事。此时的父亲已满头银发，他牵着母亲的手从闹市回到人生最初出发的蜀南安享晚年。此时，我身边戴念珠的朋友越来越多。父亲到老也没有把我雕刻成他心中构建的理想模样，尽管他在藏地边境线上作为一名二炮手有过出色的表现，如今他再没有工夫管我的闲情逸事了，他对我的底线是我没有成为他担心的谎花就够了。还好，我真不是谎花的料，我在文学路上的开花结果，他都有所见证，只是他从不对此多言。望着他干瘦的背影，一天天由高大变得佝偻，我仿佛渐渐拥有了心情去获得一座花园，去认识自己最渴望抵达的那一株草木。

一直以来，找我要念珠的朋友，从未间断。在他们的意识里，来自西藏的念珠就是自带三分佛缘的圣物。但他们真不知念珠的命脉与圣地西藏无关。我从没满足过他们，更没满足过自己。

有一天，我把这个想法告知了拉萨的伙伴阿松。

阿松对此事铭记在心，因为他是个很早就把玩念珠的人，但我知道他并没有自己的佛号。在阿松看来，我早就该拥有一串属于自己的念珠，在繁杂的生活缝隙里，增长慈悲和智慧。阿松原本从事邮政工作，后来领导逼迫他必须站队，阿松拒绝表态而直接跨行到了通信领域。时间的速度于阿松比生活指针跳跃得更快，但生活的安排对任何人从没静止过一刻。总算是错开会议，被休眠缝补起的一个午后，地点就是前面叙述的八廓街。阿松约了一位懂得念珠的朋友，一边闲步八廓街，一边用视频给我解读念珠的货色层次。阿松称朋友的一串念珠，被一位老板看见，老板当场出了两万元人民币，但朋友绝对不出售自己的心灵之物。在视频里，他俩充当的不仅是藏迷，而且是有几分自信的藏迷。可我无心听他俩的言说，我认定一个要求——只要一串菩提子念珠，麦粒色的，无须亮光，只要面目朴素。

阿松问：价位？

这个一点不重要。我说，随缘，遇到真正菩提子就好。哪知阿松说，价位意味着佩戴念珠的品相，以及他人对你的目光与掂量。凌哥，你是到处走动的人，闲话不能由他人说吧？好的念珠上几十万元呢。我不顾一切地打断了阿松的话。

有了菩提相伴，还在意谁的眼光呢？在佛的眼里，菩提要历经多少年岁才能开花结籽？带着念珠上路的人想过吗？真正的菩提子，功德极大。文殊菩萨在《较量数珠功德经》中说，只要持有菩提子念珠，即使不能依法念诵佛号心咒，行住坐卧不管是善是恶，所得的福德都与念诵佛号心咒没有差别，获福无量。

一个午后，收到阿松寄来的念珠，是我心上想的那一串菩提子。每一颗珠粒，上面都布满了密密麻麻的气孔，像星星点点的微生物在呼吸。许多时候，我将它戴在脖子上，当然也有因天气热、汗水多，而将它从脖子上转移到手上的时候，此刻手表也就为念珠让位了，脖子一圈念珠，手上则要缠绕四圈。念珠在身，如阿松所言，确实引来了一些掂量的目光。你是一个修行者吗？平时常有人将我认定为藏族人，有了念珠，就更加让人如此认为了，不必有过多解释，就让念珠潜藏的光芒万丈散发出来吧！

就在昨晚，初遇一位年纪相仿的海归，有人悄悄介绍他的父亲现在是商界的大咖，曾与我父亲同在藏地边境线上作战。我们没有握手，彼此只是眼光相接，海归的目光一下子接住了我手上的念珠。他先是与我传授开光、加持之佛礼，然后伸手纠正我将念珠从右手戴到左手。海归说，男左女右，男的将念珠戴在右手上，弄不好会招惹麻烦，戴在左手可以惜福功德。照海归这样说下去，念珠与个人的关系，很多已经背道而驰，离题万里。海归的意思，念珠在身，必须按时念咒，不念，则无任何作用。看得出，海归很懂念珠，只是他更先懂得父亲之于他的严苛。不敢触犯父亲，如同多年前未能越过寺庙半步的我。不能戴的就不戴，父亲只让他戴名表，海归一边说，一边却从口袋里悄悄掏出一串念珠，声称是峨眉山的雪龙珠。

海归还要说他的念珠，唯恐欲念止不住……

实在难以再听下去，我对海归平静地双手合十道：观音自在，光芒为父，光线为母，唵嘛呢叭咪吽。

海归突然转肃为笑，赶忙声称——不说了，喝酒吧！

之于念珠，我不反对他人的形式与执念，只是我愿意保持自己的对待方式。海归酒桌上的杂音，在我看来不过是念珠的笑谈，不予理睬也罢。但海归眼睛里由念珠滋生的平静光芒，总让我想起多年以前，在寺庙里看见年轻仁波切的那个下午。

念珠呵念珠，你到底念了些什么？

风懂了吗？雪懂了吗？鸟懂了吗？无边的黑夜听见了吗？漫长的告别抵达灵魂的地址了吗？佛收到你所有的意念了吗？数着念珠前行的人们，除了沉默，谁也不愿说出各自人生的答案。念珠的存在，或许终极目的就是教人学会如何独处与沉默，每个人心里都有一串念珠，有的戴在天地万物看得见的地方，有的放在肉眼看不见的伤口暗处。我的念珠，平常得没有掺杂丝毫贵贱区分，它更不染尘埃，即便洗澡或睡觉，它都被放置在我一眼所见的干净地方。

有一回，父亲在花隐谷拿起了我的念珠。在我刚换好衣服，匆匆跨出门准备驱车返城的时候："等等，这个你忘记了。"

我回头怔怔地看着父亲，他如一位僧侣熟练地拨念着念珠。我满以为他会怒斥一番，哪知他一脸慈祥地走近我："拿去吧。"然后，转身朝楼上走去。我不明白父亲的"拿去吧"三个字，为何如此肯定与坚决——这突然让我似懂非懂地想起了他那句"进得去，出不来"。我抬头，父亲正在走廊上朝我挥手：戴好了，别让人随便摸你的念珠。无执着信仰的人，拿着它也是猥亵。那一刻，我像是懂了父亲。念珠与父亲同样懂我，既然有缘相随，彼此就能自然相通，体温与气息相互渗透，就像生命中背着光幽暗、迎着光微明的一粒粮食。

身体里的秘密花园，与这一粒粮食不无关系。

粮食既是故乡最初的乳汁，也是异乡人最本真的肤色，更是一个修行者内心明亮的精神镜像。

图片摄影：张恒

心是孤独的猎手

神山下的雪娃

想了又想，这么多年，我在藏地遇见的所有动物中，印象最萌萌哒的恐怕非雪猪莫属了吧，只是它有一个我极不喜欢的学名——旱獭。这样的学名非常影响它在我视线里呆萌的形象，或者说我是讨厌"旱獭"这个名字的。

原本这仅仅代表私人观点，哪知有一天会在人多时候，不小心说漏嘴，迅即被在场的喜马拉雅动物专家所反驳。

"先生，你或许可以保留你的观点，但你不喜欢的动物名字可能还有土拨鼠、哈拉、齐哇。"

这个动物专家高高的鼻梁上，架着一副思想者的玻璃镜片。在我们一起徒步通往神山冈仁波齐的路上，他配以话语的手势比划动作弧度很大，并且用十分诧异的眼神纠正我的动物观，那深陷额骨之下的眼珠子如神鹰洞察大地上的食物一样敏锐、锋利，满头被风吹乱的银丝恰似乌云滚动中乍现冈仁波齐的雪，充满了奇异与别样的神秘。有一瞬间，产生了仿佛是雪在他头顶上随风奔跑的错觉。

对雪猪没有了解的人，肯定以为他说了很多种动物的名字。由于对这种能够像人一样直立行走的动物还算了解，我知道这个英国人只是在强调一种动物——雪猪。

结伴同行者，背包客居多，还有一些是从事科考与探险的爱好者。这其中就有泰国的八岁少年柏朗依林和他的父亲托尼·贾。他们是家庭旅行爱好者，因为几年前到西藏游历，便爱上了喜马拉雅的雪猪。柏朗依林说他去过很多地方，遇见过很多动物，最忘不了的还是雪猪。奇怪的是，喜马拉雅的雪猪每次见柏朗依林，不仅愿意接受他的食物，还会对他拱手作揖示谢，而其他地方的雪猪见他就躲，这也成了父子俩每年返回西藏的理由。

"詹姆斯先生，你一定是旱獭的亲人。"托尼·贾微笑着，双手朝他伸出大拇指，点赞。

此刻，真应验了我对一种现象的长期思考，无论明星还是普众，权贵或底层，专家还是英雄，哪怕他是总统，只要相遇在西藏路上，随便挥手打个招呼，统统都将被阳光打回凡人的原形。说得直接一点，在茫茫旷野的喜马拉雅腹地，雪猪便是所有凡人神奇相遇的最好见证者。很多时候，它听到大自然发出的声响，先独自从洞口探出一个脑袋来，若发现不是其他庞然的侵略者，而是人类，马上就会蹦到地面上，立起身子，向同类击掌发出热烈的欢呼声，几乎用不了五分钟，一群雪猪便向你围过来了。

那些手脚短小，身体圆嘟嘟，向着人拱掌直立行走的家伙，眨着小眼睛，活脱脱像动画片中的熊大、熊二。那一刻，柏朗依林的眼神里装满了欢欣鼓舞。在阿里以西的那片草原上，足有七八只雪猪对他拱掌，等着他奖赏食物，他在它们中间应接不暇，对着动物世界两眼放光，却踌躇着，真不知应该先抱起哪一只。在他眼里，雪猪一只比一只可爱。他躬着身子，伸长脖子盯着一只雪猪看了半天，然后又是下一只。

突然，他在奔跑中呼喊起来，那声音听上去有些坚决和忧伤，谁也不知他喊的什么。那群雪猪在他的声音里早已跑得无影无踪。

我想，雪猪对人类的亲近，有很大程度是先发现了人类心灵渴望相遇的善意，它一定是愿意用亲近人类的方式来获取人类的感动，有了这种信赖，世间当然就能创造更多不可预计的奇迹。

"你们与哈拉居然有这样的约定，喜马拉雅真是一片圣洁的土地呀！"詹姆斯知道了托尼·贾与柏朗依林父子来找寻去年遇见的那只雪猪，备受感动。

"噢，哈拉是谁？"神情慢慢安定下来的柏朗依林耸耸肩，这回他并没有看詹姆斯一眼，而是在詹姆斯的声音里，将目光锁定在我的眼睛上，显然他是想找我寻求这个答案。

詹姆斯一脸沉重地望着我，表示对我有些质疑。但他眼神的余光分明在对着柏朗依林微笑。

我知道詹姆斯说的那些名字，全是旱獭的别名，只不过齐哇属于雪猪的藏名，这听上去相对汉语还是有一点西方发音的味道。只是如此动物外貌，在东方人的审美意识里，我会首选并认定雪猪，而且它的可爱与憨态，足以配得上这两个字。我悄悄拉过柏朗依林的手告诉他，詹姆斯所说的土拨鼠、哈拉、齐哇、旱獭，都是同一种动物，而且都是你最喜欢的雪猪。

柏朗依林搔了搔自己的头，然后歪着脑袋懊恼地问我："那你不喜欢旱獭，就是不喜欢雪猪对吗？"我赶紧向他"嘘"了一声，示意他把这个问题打住。可他一脸桀骜不驯道："你们讲的这些名字都不好听，我只叫它雪娃。"

此时，我们一行人已来到一片宽阔的阳坡上。

远处的冈仁波齐神山若隐若现，雪越来越白。

山上一杆杆五彩的经幡，在大风吹拂下，猎猎作响。不远处，有一顶黑帐篷，与山上的经幡相依相伴。它在烈风中安静地等待转场离去的牧人明年如期归来，那时青草疯长，牛羊成群。里面除了几只雪猪，并没有发现羊群的踪迹。相比之下，雪猪的出没，让雪风中的黑帐篷更加灵动：牧人不在，神灵还在。雪猪乐观豁达不怕人的栖息，这一点，在世界最高的草原超越了其他物种。

詹姆斯建议大家坐下来歇一会儿。

我们坐在阳光里，有的人微闭双眼打盹，有人在分享途中拍摄的美图，还有人拿出随身携带的小水壶，倒出热气腾腾的酥油茶，分享给旅伴。我看见托尼·贾倒立在草地上，轻松自在，像一朵自由绽放的野花。

只有冈仁波齐神山的雪，看着我们离它越来越近。

一路闲不住的柏朗依林，在草地上奔跑，找寻着他渴望的奇迹。在爸爸头倒立式的瑜伽动作里，他飞过托尼·贾的裤裆，像一道风，越过太阳的光芒，"嗖"的一声窜进帐篷里。忽然，一声慌乱的尖叫惊扰了每一个人。紧接着，他喘着粗气从帐篷里爬出来，像是中了邪一样说他刚刚看到一只大雪猪，从他身边经过，他蹲下身给它喂饼干，遗憾那只雪猪并没有用鼻子问候他，他失落地抽泣着："它不是我的雪娃，它不是我去年遇到的那一只雪娃，我说过今年还会回来看它，可是我的雪娃，它究竟去了哪里？"

"依林别哭，我们再等等，说不定它还会出现呢！"托尼·贾安慰孩子。

詹姆斯拉过柏朗依林坐到自己身边，为他讲了一个故事。

以植物根茎为主食的雪猪，最致命的敌人叫马熊。不过，现在马熊早已经遗落在喜马拉雅民间故事中了。马熊喜欢挖地洞在里面睡觉，只要遇上雪猪就免不了一场搏斗，甚至杀害。尤其在冬天里，它挖洞的过程中，经常会挖到正在冬眠的雪猪，马熊看到雪猪一家都在睡觉，就特别生气，于是把一只挖出来，用拳头狠狠地打一拳，放在屁股下，又继续挖另一只。因为前面那只已被打醒了，所以它抓住另一只时，前面那只又跑了……这样一来，马熊不管挖了多少只雪猪，到头来只能得到一只。

我们笑了，为得不偿失的马熊，也为逃过马熊之手的那只雪猪。

詹姆斯继续道，不过，还有一种普遍存在的可能，到了冬天，喜马拉雅的雪猪会进入一种与生俱来的禅定，在温暖舒适的洞穴里，基本上三个月都不出来。当然，这些行为习惯，都是被喜马拉雅的朝圣者感染，他们在风雪路上，随时会给雪猪准备一些食物，如奶酪、糌粑、青稞、饼干，还有糖。有雪猪闻到熟悉的朝圣者气息，还会围着他们舞蹈呢。这时，朝圣者就会变戏法逗雪猪玩，在开满野花的山坡上同它们亲嘴、打滚、翻跟斗。

所以，进入状态的修行者，有时会把自己比喻成雪猪。说的就是禅的一种境界。当然，也有其他动物研究者夸张地讲，雪猪是喜马拉雅最具信仰的动物之一。我想这一定是爱的造化，生活在这片土地上的人，离天最近，与佛为邻，所有的生命都被一视同尊。詹姆斯对此的看法是——地域的属性培育了动物的行为！

柏朗依林眼里蓄满了泪花："完蛋了，我的那只雪娃，一定是被马熊带走了！"他从詹姆斯身边站起身，在草地上放眼搜寻着……

我们打起精神，拍拍尘土，准备上路，令人意外的奇迹出现了。

一只体积偌大的雪猪，像是披了一件毛茸茸的灰风衣，忽然从狮泉河边朝着人群直奔而来。柏朗依林闪身而出，一个箭步飞冲出去。雪猪跑在路上的憨态惹人怜爱与注目，那调皮的尾巴和短短胖胖的手脚煞是可爱，憨态可掬的模样如同婴孩，足有十五斤重。眨眼之间，它一个猛扑投入他怀里。

雪娃，雪娃，我的雪娃。

这一回，我们都听清了他的呼喊——像家中饲养的小萌宠一样，他唤它雪娃，只有他赋给它这个独有的昵称。去年的去年他们早已相遇，他长大了，雪娃却老了。他又掏出了一块夹心饼干，它为他拱起了双手，屁颠屁颠伴随他前后左右。

"说好的，我们明年还会来。"托尼·贾忍不住抱起柏朗依林和雪娃，在野花拂动的长风中，他们旋转欢笑，相亲相爱。

顿时，所有人都不约而同跪下来。

在悲悯的天地万物面前，我不知他们各自下跪的理由是什么，可能大多数人会有一个共同的触点是感动，来自生命深处的感动，人与动物之间建立信赖后的感动。我想我给神山冈仁波齐的仁慈下跪，世上不少地方视雪猪为有害动物而展开捕杀，但喜马拉雅的雪猪，一直在神的手掌，在灵的怀抱，在风的眼里，被爱暖暖地呵护着。

骑着牦牛去看海

　　凌晨两点半，整个僜人部落都沉睡在山峰与树林筛下的月光里，各种鸟儿与虫蛰在绿荫与草丛中说着陌生人懂不了的吴侬软语，突然，一个熟悉的声音惊扰了我沉睡的梦。

　　"凌先生在吗？"是我的向导翻译达波牛·玛仁松。我从床上弹了起来，急忙打开窗户。

　　简直让人无法相信眼前的一切，虽然天光还不是普遍的亮，但因为是初夏，地处中印边境线上的西藏察隅僜人部落足以借星空让我看清大地上灿烂的一切，这绝不是异乡人的梦幻。十六岁的达波牛·玛仁松正骑在一匹黑色的牦牛上，他有着一双与牦牛眼睛一样的炯炯神眼。

　　我把头支出窗外，揉了揉睡意蒙眬的眼睛。"你真是达波牛·玛仁松吗？"

　　"没错，是我。"达波牛·玛仁松用僜语里的内部语言格曼话讲道。

　　"噢，达波牛·玛仁松，你骑的真的是牦牛吗？我有点害怕。"

"是呀，不仅仅是牦牛，而且是野牦牛，凌先生，你想不想骑？想骑就快点出来呀，若是你行动慢了，我的野牦牛就没耐心等你了！"达波牛·玛仁松头上裹着白帕子，身上穿着母亲给织的红彩线小坎肩，背上的包里还插有一把亮锃锃的僜刀。

我知道达波牛·玛仁松是僜人部落最神速的少年，他喜欢在夜间出没，时常从这个村庄出现在那个村庄，两者之间的距离至少有十公里。奇怪的是，村庄里习惯了骑摩托的人从不见他骑过摩托车，搞不清他究竟有什么神速的特异功能。在所有同龄人中，他去过的地方最多，而且懂得的语言也是僜人部落之最，尤其是印度语，他讲得相当流利。可眼前的事实，的确让我难以置信。

在深入僜人部落之前，我在不少有关介绍僜人的文字里，看到过一些闯入者的偏见与狭隘，最让人难以接受的是有人笔端直指这个地方的人生活太过落后、太贫穷了，主要是没有钱让家庭里的每个成员过上富足的生活，导致有些少年辍学后去很远的山上挖虫草，数月不回家。在历经过战争的土地上，一个没有历经战争洗礼的人拿什么谈贫穷与富足？他们对这片土地上的人，究竟了解多少？一路上，我总提醒自己不要带着都市里的世俗目光去打探一个没有过多现实交易的少数民族部落，要多尊重他们的自然生活。

与达波牛·玛仁松的相遇，得益于另一个在世界各地传播僜人文化的朋友阿嘎阿·美志高先生所赐之缘，我们的对话里，丝毫找不到生活的可比性。只有真正的诗意与远方。

"我以为你会骑着一匹白牦牛来接我。"在雪山下的树林小道上，白花花的阳光与白花花的山泉重叠在一起，在我路过的每一座村庄，看着那些日光中沉静的向日葵，我第一愿望是骑牦牛，而且要那种纯白的牦牛。

"你来得太晚了，我小时候见过家中的确有那种牦牛，如今我们的牦牛，全放归山林了。"

"为什么会这样？"

"你不必惊讶，也不必像那些外来者一样，凡事都要问为什么，否则，我就不高兴为你引路了。现在，我再次提醒你，在我们部落，没有那么多为什么。如果你想骑牦牛呢，我自有办法给你惊喜的。"

我知道达波牛·玛仁松家早就没有牦牛了，他哪里弄来的牦牛呀？眼前的野牦牛身材魁梧，身披又黑又粗的毛，看上去比马匹沉重多了。对于马的轻盈与矫健，在草原上我领略不少。可眼下的野牦牛，那些毛长得快要拖到地上了。尤其是它头上那对巨大威武的大角，看着让人一步都不敢靠近。可达波牛·玛仁松却十分的潇洒，坐在牦牛背上很是与众不同，神气活现。

我紧张地盯着他和他胯下的牦牛。"达波牛·玛仁松，你是不是从饲养场偷来的牦牛呀？"

"嘿嘿，已经给你说过了，我们部落没有什么饲养场，我们部落更没有一个贼。凡是你们都市里容易有的，我们部落一律没有。你若想骑，就赶紧从窗口跳出来呀！"

看来我的猜测总离不开世俗与现实的束缚，这一定会让达波牛·玛仁松感觉到我的不诚实。这匹野牦牛不是达波牛·玛仁松偷来的，这里到处是荒野、山峰、树林与河流，他去哪里偷呢？我想比起城市角落想方设法偷东西的小偷，要在这里偷一匹牦牛，而且是野牦牛，这个难度即使神偷也难以完成吧。

鼓足勇气，我终于换了衣服，纵身从木楼窗户跳到离牦牛不足一米的距离。达波牛·玛仁松一个轻功弹跳，从牦牛背上下来。在我迟疑不决地看着野牦牛产生畏惧的时候，他已生拉硬扯把我扶到牛背上。

"坐稳了，凌先生。"达波牛·玛仁松提醒我。在我们的周围，有蓝色的铁皮房子，田野里到处是挂包吐穗的玉米、猕猴桃、板栗树、花生、鸡爪谷，以及青草与野花包围的小径。爽朗的空气如同草末清鲜剂，清风轻轻地从山影里投过来。达波牛·玛仁松牵着牦牛走在前面，他嘴边磨出的歌谣，像是唱给虫儿与鸟听的。这样的时刻，除了星星，没有人发现我们。十多分钟后，我们来到了部落的花田里，中间有一块高高的石柱上镌刻着"中国僜人部落"，字迹周围手绘有古今男女僜人狩猎与劳作的场景图。在花田的侧面，有一条浇灌庄稼的沟渠，沿着高低不平的坡地，一直流到山脚下的溪水塘里。

趁我抬头伸手触摸星星之际，达波牛·玛仁松悄悄踢了野牦牛一脚，喊道："嘞——嗦！"野牦牛沉重地调转了方向，猛虎般地蹿了出去。我的心提着吊到半空中，不断地央求道：

"达波牛·玛仁松，你快叫野牦牛停停，停下来，我不骑了。"

"快——跑，别说话，不然，我们的秘密就将被发现了。"达波牛·玛仁松在暗处准备着什么。

我不知这野牦牛要把我带到何处。虽说它跑起来，没有马的速度快，但毕竟这样的庞然大物我是第一次接触。我双手死死地抓住野牦牛的大角，将整个身子往前伏在牦牛背上，在我恐惧得几乎快要闭上眼睛的时候，忽然，背后传来了声音，是达波牛·玛仁松。

他骑在另一匹野牦牛背上，而且是一匹白色的野牦牛，比我胯下的这匹黑牦牛大一倍。

绿野与房子在我们的周围旋转，星星在我们的头顶跑来跑去，突然发现牦牛带着我们跑了很远，天边的月光换了一个姿势还在朝我们隐约眨眼。过了一座山口，看见红日在一片水洼里就要升起来了。

"凌先生，别怕，我想带你去一个地方。"达波牛·玛仁松神秘地说道。

大约五十分钟后，踏着水花跳动的音符，我们骑着牦牛，闯进了一片花的海洋！那么多叫不出名字的花，带着一千种色彩和一万种香气扑来，将我们瞬间淹没了。在深处，花海簇拥着一片明晃晃的水，像沉睡的镜子，成群的野牦牛在镜子里洗澡、嬉戏，白色的月光在它们身上晃来荡去。近了，再仔细看，黑的，白的，褐色的，它们相互亲昵着，有的将前脚搭在同伴的身体上，有的将头埋进水里，喷着响鼻，甩动妖娆的尾鞭。有的独自梳理着浑身闪亮的长毛，宛如倩女满头青丝在夜风中奔袭，柔顺而飘逸。那些幼小的野牦牛，还没长出太多的长毛，它们抖动着身子，鼓起铃铛般的大眼睛，学着大牦牛的样子，不顾一切地往对方身上喷水。如水的月光里，野牦牛千姿百态，全然没有了白天遇见的锋利危险模样，一个个憨态可掬。

我们从牦牛背上跳下来，带我们来到此地的一白一黑两匹牦牛很快加入到其中。

"凌先生，你来得真是时候，只有夏天的夜晚，它们才肯从高山上来到隐谷的水塘里洗澡呢，而我算得上它们的好朋友了……"达波牛·玛仁松坐在石头上，静静地看着它们，对我诉说着。

我望着星空放射出的绸缎般的线条，透过山坡上的树枝，落在那些野牦牛的身上，整个身心如同浮在柔软的水中。"达波牛·玛仁松，我可以像你一样，成为野牦牛的好朋友吗？"我迫切地渴望达波牛·玛仁松的生活。

迟疑片刻，达波牛·玛仁松缓慢地说："这个不好说，我们部落不仅人与人相互诚信，我们与动物更讲诚信，因为我们从不利用动物帮我们自己干活，动物自有动物的天地。"

达波牛·玛仁松的话让我思绪纷飞。

风很轻，我们躺在洒满星星的草尖尖上，尽情地张开双手，野牦牛在身边自由徜徉，群山、树林、河流、草地、花朵，抚摸着我们的额头和脚丫，那一夜我们成了满世界最富有的人。

青海的天空

　　比起西部以西的天高云淡，四川盆地的六月天，汗水常常湿透衣背，空气中有一种浓稠的味道，弥散在身体的每个毛孔里。坐下来安静写字的情绪，明显不如春天高涨。

　　一个稿约，拖了很长时间，正心急如焚地将文字排兵布阵，忽然被来自拉萨的朋友电话打断。于是迅速关闭电脑，朝宾馆赶去。见面才知，原来这个朋友是为国际非物质文化遗产节而来。

　　"请在大厅里等我一会儿，我先到楼上找领导汇报工作！"她简单几句交代后，转身离去。我立刻止步坐在沙发上，双手托住下巴，作沉思状。十几分钟后，她终于出现，一边接电话，一边给我打手语，忙得不可开交的样子。完了，她突然说——今晚一起吃饭吧。我说没问题。她说你得请我！我说这个完全没问题，喜欢吃什么，由你选择。她笑了，迅即补充道，不过，我还有三位美女哟。我表情夸张地望着她，许久才问，你能不能再多请几位，组成一桌呀？她说，难道四大美人，还抵不过一位王子的魅力？

我们哈哈地笑了。此时，滴滴师傅已经赶到我的指定位置。

吉吉、德吉、白玛央珍快下楼，车子等着我们去晚餐呢。她电话一个接一个地催促美女们。她们是在楼上盛装打扮吗？我一次又一次向滴滴师傅央求道："请再等等，楼上还有客人马上就赶到。"

"嗯，好的，不用急！"滴滴师傅是个笑容天真的小伙子，他的忍耐性与我往常遇到的师傅很不一样，他客气的样子让我不得不对他刮目相看。只是他提出条件，让我一会儿为他指路。总算上车了，情况不妙的是，前面的路口已经堵车。小伙子准备播放音乐，安抚我们不耐烦的等待情绪。我问放什么好听的歌呢？他侧目扫了我们一眼，然后说，我给你们推荐一首《青海的天空》，是我今年听到的最好听的歌。青海也有很多藏族人呢。他不时地扫我们一眼，像是自言自语地把我们每个人的身份作了判断。

轻轻地，他扭动音响开关，辽远的青海花儿调，随着音乐前奏从风中飘出来。他告诉我，青海与西藏有着不一样的味道，但都是很美很美的地方。我镇静地看了他一眼，表示这话我很赞同。

"在那遥远的西海上／有片纯净蔚蓝的天／青山映衬着无暇的光／白云依附夕落的阳／它美的就像位姑娘／悬于神秘西海中……"

还没等一首歌唱完，我已经融入大美青海的画卷里。不是说这首歌写得有多么好，也不是这首歌唱起来有多流行，只因它在恰当的时间、恰当的场合，还有恰当的人，与我火速产生了共鸣。没想到，同车的人，都有同感，说这首歌好听。那诗意性与民族性相融合的词曲，带给人旷远生情的想象与灵感，脑海里的音符与歌词，在不断地冲撞、升腾，忽然有了立即填词作曲的冲动。这些年，我不止一次涉足青海，因它连着西藏，同属青藏高原——那儿才是真正盛产诗和远方的理想国。比如，西去的诗歌骑手海子，以及昌耀先生，人们常常因吟咏他们的诗行，而怀想那片高天厚土。

我常常在想西藏的时候，也顺带想想青海，感觉它们是一对地理意义上的孪生兄弟。我不是随随便便地念想，因为它们都有青和蓝的共性，这是地域生命的特质，也是广阔天地间最不费力的辨识。

音乐声中，我向他默默点头，表示认同他推荐的这首歌。他顿时兴奋起来，和着熟悉、动人的旋律，摆动肩膀用情地唱道："青海的天空迷人的风／吹拂沐浴幸福的河／无垠的蓝天飘香的酒／请你来这走一走／青海的天空纯净的风／孕育幸福吉祥的歌／淳朴的人们载起如焰的舞／迎接远道宾客主……"

正高潮尽兴时，一个电话进来，替代了蓝牙音响里的歌声——喂，我在接送客人，一会儿给你打过来。对方说，不用打过来了，你好好开车吧。

他朝我笑了，说："我老汉（四川话父亲）打来的。"我说："你老汉在哪里？"他说："在青海，已经十多年了。"谈话中，我得知这小伙子在青海也待了八年，才回到四川不久。也难怪他对成都的路不太熟悉，但这更能证明他推荐这首歌的理由充分。我建议他把这首歌曲再播放一遍，而且我告诉他，听不上三遍，我就能学会演唱了。似乎他又开始了自言自语——过不了多久时间，成都到青海的高铁通了，去青海就很方便了。

一路上，兜兜转转。

我清楚记得跑过他嘴边的地名：德令哈、都兰、格尔木、祁连、海南州、哈尔盖、柯柯镇、乐都、平安……那是他从小跟着老汉打工的地方，也是我一次次往返西藏沿线、游历青海经过的地方。

在心里，我默默地感念着不同生活的重叠之缘。但我并没有问他是否去过西藏。原本这个问题可以让我对一个陌生人多一些关心，但远离雪山与湖水的都市，以及流水线上的闪电式面孔，即刻阻止了多余的冒昧。

到达目的地，小伙子提出要加我微信，还让我为他的服务评价给五颗星。这一次，我没有拒绝。尽管在我的生活中，他还只算得上一个陌生人，但不陌生的是青海的天空，以及西藏的情愫。值得拥有纯净回忆的天空，除了青海，还有西藏，我愿意用西藏的情愫去念想青海的天空，在我人生的草稿本上，西藏与青海犹如两只卧在雪山草地的巨大牦牛，怀抱里到处铺满了随意的云彩和梵花，在夜空与星辰之间，那些向天而生的灵如一颗颗善良、豁达的心。

国际非遗节上，拉萨的朋友将带着她的团队为世人展示我国传统藏医药三千八百年的文化传承历史，这如歌的传说，离现实很远，又很近。

回到家，已经有些晚了，躺在沙发上，微信里突然弹出一句：哥哥，怎么称呼你？我停顿了片刻，毫无顾虑地回复他——

就叫我青海的天空吧！

之于一个一次次重复自己旅痕的地方，我们能够传承的，除了别后的回忆，或许穿云破雾的歌声，也可直抵心灵燃烧血液，那飘带般的歌声，升向高山，降落湖水，掠过黄河，冲过云霄，只要听听那歌儿，就能身临其境感受西部的辽阔与高度、悲怆与壮美。

如果说，西藏留下过我的脚印，那么青海的天空则有一对仙鹤的翅膀，让我丢下哒哒的马蹄，携一朵祥云去追随。

雪地上的空白

城里蒙尘的月光，透过玻璃窗，照射到一个人身上。他坐在电脑前，点燃一支烟，看着玻璃上孤独重叠的影子，止不住想藏地的月光，是否一如当年的夜晚戴上哈达那样圣洁、清冷？可落雪的声音，扑簌簌地占据了他的回忆……

终于陷入了怀旧的人生，想想曾经一个人在雪山哨卡，遭遇肖复兴先生的《怀旧情绪》如获至宝，让风雪吹灰的青春扫荡了一个又一个黑夜。合上书，凝望晨曦中露眼的雪莲，天真地质疑自己怎么可能沦落老人一样的怀旧？这是满身才华无处消愁的孤独者行为吧。可岁月再也不肯宽恕我的雄辩，关键是我不能继续欺骗自己，这世界已经提前轮到我怀旧了。

的确，在雪地上，我不曾停止对一个人的找寻。在凌乱的脚印里，仿佛是针对一件丢失已久的玩具，我越来越想找到他。可找遍了大片大片的雪地，他留下的唯有空白。

这不得不从二十多年前的军旅开端说起。关于与他的过去，十年前《读者》杂志原创栏目约稿，我在《残雪流年》里已郑重书写。但至今没有一个相对完满的结局，尤其是每逢八一建军节，总有读者问询是否找到这个战友。一个人在另一个人心里打了一个银绳做的结，解不开结的那个人就容易活在尘封的冰雪里。我甚至在央视"等着我"栏目发出求助信息，遗憾导演联系了解情况后，再无音讯。

你为什么要寻找他？

当时怎么回答的，已经有些记不清了。难道我和战友的故事，不足以感动导演，让寻人团放弃了寻找？百思不得其解。如果现在导演再问我为何不消停地寻找一个人，我的台词是——找到他就找回了青春！也有人劝我不要再找了，他们想得十分复杂多余，害怕找到后出现不愉快的画面，毕竟人都在不确定的人生轨迹中成长，对方是否愿意接纳你的寻找，谁心里都没有底。或许他早记不得与你相处的时光，只是你一厢情愿罢了。对此，我有过反思，是不是职业导致我的幼稚和执迷不悟？还有朋友笑我多情，写作的人就是心思过分细腻，真是庸人自扰！

解铃离不开系铃人，不是自己身上创下的伤，怎么劝说他人，都难以获取痛的原点。同样，快乐的源泉也一样，不是同路历经风雪的人，就难以说出风雪的颜色。弗洛伊德曾言："人的创伤经历，特别是童年的创伤经历会对人的一生产生重要的影响。悲惨的童年经历，长大后再怎么成功、美满，心里都会有个洞，充斥怀疑、不满足、没有安全感……不论治疗身体还是心理上的疾病，都应考虑童年发生的事。那些发生于童年时期的疾病最严重、也是最难治愈的。"不难理解，作为精神分析师的弗洛伊德之于童年的深刻解剖，如同一枚及时的药丸，疗效深得疼痛者共鸣。换言之，两个少小离家的孤独灵魂在雪地西藏的不期而遇，又因来自不同地域的生活隔阂与理想基因而慢慢建立的心理依靠，却忽然瓦解。一个因调离而远走，一个只能困守原地。20 世纪 90 年代的西藏边防环境屏蔽了太多思念导致来不及作任何解释，更无法让一纸信笺抵达对方，两人就此拉开了天涯的距离。以我十多年的军旅人生阅历，早已习惯珍惜所有的不期而遇，看淡所有的不辞而别，做个潇洒的人，往事不提，后事不记，但有关眼睛看不见的找寻从未停止。

假若能够重新审视那一场下在尼洋河畔的青春雪，我只能够将其归咎为"青春殇"，一声"兄弟"之于两个战士的心灵世界，它的不断发酵将会比童年的灾难更深远地影响到历经者的成长态度。

好比生活中近来出现的"记忆侵扰"症状，我一次次忆及一九九七年夏天沿着拉萨河谷回到林芝尼洋河畔的连队与他重逢时，他远远看见我就开始慌张躲避的眼神，继而转身扭头就跑的惊诧。阳光把他瘦小的背影追赶得无影无踪，雪山上的雪把我的眼刺得半开半合。他一定是把我当成了脱离苦海、不管兄弟死活的高高在上的无情之人。当然，也不排除他把拉萨的世界想象得过于凶猛、宏伟、阔气、陌生。那时的我们，除了想象别无选择，只有想象塑造的世界可以克制内心贫困之伤的发作，剩下的现实唯有军规。我们的想象，借助最多的参照物，就是隔河相望的八一镇。在星光洒满营区的夜晚，我一次次伸出比夜晚更长的手将偷跑八一镇的他从半路上捉回来。然后，望着慢慢落地的月光抱头坐地长谈。他说他只是仓库里无足轻重的一只孤单狗，不会像连队的人一样偷跑八一镇将被处分、押送、关禁闭……

他不顾一切的愿望不过是想去河的对岸看看蓝色的灯火，看看女人是不是如歌中唱的那样很温柔、很爱流泪，然后把精彩的故事在天亮之前给我带回来。可惜的是，那些故事在他的故事里还没有被心跳温热，就被雪地上深深浅浅的脚印吞噬了……

彼时的我没有去过八一镇。我们连队每个周末批准上八一镇的请假名额十分有限，有人甚至到退伍也未能去到河的对岸。相比之下，拉萨之于八一镇，是何等高远的精神、物质双重领地呀，单凭想象从那地方来的人就可能神气活现地吓跑一个卑微的灵魂。

可毕竟他曾经用八一镇的故事诱惑过我。在我们没有相识之前，他究竟偷跑过多少次八一镇，只有天上的达娃（月亮）知道。我曾背对他，站在雪地的空白处产生过无限的疑惑，为何连队几十号人对他印象好的了了无几？他是不是在兵城八一镇犯了错误被下放来仓库受罚的？越是这样，想要找到他的愿望就越是强烈。

不为别的，我只想以战友之名给他敬个礼，握握手，拥抱后，坐下来，和他好好聊聊，把当时各自别后的成长荆棘与内心的兵荒马乱，真真切切地摆在桌面上，像弗洛伊德那样分析我们青春的得与失。我不停说服自己，这样的找寻一定具有生命意义，至少它可以填补雪地上的空白。多年来，我一直想把他深埋在雪地里的怨恨、怀疑、惆怅、慌张、惊恐等不确定的因子统统打捞出来，换上经过岁月漫长过滤筛选的信任、成长、珍惜、原谅等坚定的物种。让它们从雪地的空白处像青稞一样稳稳当当地生根发芽，让雪地看上去像诗一样完好无损，如一床温暖柔软的被子，盖在我们光洁如雪的胴体上，仿佛当年我们唱着《军中绿花》相遇在雪域江南，挖党参、找当归、摘草莓，和万物一起生死，陪所有离乡的孩子一起想远方，一起想妈妈。

可这一切美好的过往，我们再也回不去了，落在我们身体里的雪，早已被一路青春和风尘统统覆盖。二十余载浮浮沉沉的云烟，随风飞，随风碎，在记忆的追赶中，有人哭，有人笑，有人输，有人瞬息衰老，许多闪光的风景在渐行渐远的夜色中变得模糊，被时间消磨，直至灰飞烟灭。想不起是谁有一天把我拉进了连队群，原本对于"群"之类的世界不发一言，但怀着欣喜能够获取一个人的线索，我在群里悄悄观察他人头像和名字，感觉一个也不认识，他并不属于我们连队集体的战友。他只是"仓库里的一条孤单狗"，真正认识他的人少得可怜。我把他的影子当作线索抛给一个个认识与不认识的战友，几经辗转，在连队群里依然石沉大海、不了了之……

一个夜晚，我主动问一个重庆兵。在连队群里，重庆兵相对活跃，而且当年是连队首长身边的通信员和后勤保障给养员，我们之间不熟悉也不陌生。重庆兵说他对我要找寻的人至今还有印象，只是听说他几年前就已经……此话听起来有些沮丧。我连连说，不可能，不可能吧。重庆兵说，有什么不可能，人生就是无常，你可知我的同年兵已经走几个了，你可能认得的某某某也走了！我对重庆兵提到的人全无印象，只说我一直想找的那个他，而且已经找到央视，但无果。重庆兵安慰道，无果也正常，说明人家不想让战友知道真相，怕大家难过，所以不再告知你答案。不过，重庆兵答应找连队的人再核实准确消息。只是，渴望早知他下落的我，忍不住迫切与重庆兵求证结果，得到的常常是沉默。重庆兵有时会补救式地告诉我，他正在移交工程、他正在开车等。

况且重庆兵不是我们的同年兵，更无任何雪中的片段用作他忆念的支撑。重庆兵的态度让我看清了一个现实：天下所有战友都在为各自别后的生存忙碌，冷漠也好，热心也罢，谁都没有义务为谁负责！

忽然想到一个多年前的河北粉丝。

大致介绍了事情的经过，粉丝饶有兴趣地问我要找的他是河北什么地方人？这回我是彻底回答不上了。即使时光能倒回，我依然不知他何许人也！哪知粉丝灵机一动告诉我，你可以在你们当地某某局找人帮忙，应该不难找到你战友。我恍然大悟，怎么从没想到找那方面的朋友帮忙呢。

一位年长的朋友听后，十分乐意替我查找战友下落。在我无法提供详细信息时，朋友只要求我说出准确名字，且不能是同音。当问到具体省市，我只好任凭无效的回忆欺骗记忆。曾几何时，他与我分享过家乡寄来的特产大枣，加之他平时说话的口音，我猜测大约他可能是河北人。很快，朋友就此传来一个好消息，合乎我提供条件的一共有七人。朋友期待我在七张面孔上辨认一个我要找的人。紧张和忐忑的气流火速袭来，一个个认真打量，可一个也不敢仔细相认。当我全盘否定后，朋友热情地问能不能提供和他一起入伍的其他战友信息，这于我更是难上加难。庞大如一座宫殿的军需仓库，我认得的只有他一个人。他在大雪天踩进深深的雪地给我送甜蜜蜜的黄桃罐头，后来，每每看到黄桃出现，我就会想起他，想起早春二月的雪，像是一场预演的告别。仿佛只要能够找到他，就能找回我们渐行渐远的青春。

转念冷静下来，开始在七个头像上细化比对记忆，好不容易用排除法锁定其中一人存在潜伏的相似，但又害怕是他。过了一天，朋友找到了电话号码，让我打过去问问是不是自己要找的战友。如果不是，再想其他办法找寻。朋友的欢喜容纳之心，好像充满了圣灵，让我的寻找之念备感温暖，只是我强制平息了即将水落石出的兴奋。

有点犹豫，电话打通之后怎么办？如果对方说找错了人，该如何收拾这失落的结局？这样一定会打击我错误的忆念。思来想去，托友人打这个电话更有退路可言，如果是他，就告诉他，你的战友在满世界找寻你。如果不是他，就说声非常抱歉，电话打错了。受此委托的友人，深感这样的角色扮演有些超乎寻常，在十分为难的同时，其借口则是此时在外不便，要很晚才回家，明天再打这个电话！

我哪里容得下明天这样的托辞？于是不顾一切后果拨打这个电话，令人想不到的是，电话里重复播报的声音让整个世界的信息链闪电式断裂——对不起，您拨打的电话是空号，请核对后再拨……

仿佛窗外戛然而止的雪，我落寞地回复了朋友四个字：是个空号。

目前只有这个号了，再缓一下吧。朋友从容的努力不仅给了我几分沉着的慰藉，还让我看到了耐心务实的职业道德素养。

你好！老兵，你看看应该是右下角这个老兵不？已经是三天后的事情了，重庆兵忽然发来一张老照片。我扫了一眼照片上的人，即刻给予了否定。重庆兵一声叹息：我记忆中他应该比较瘦，不是这个，我再找其他战友问问吧。

嗯，我们继续分头寻找。可以多问问你认识的河北兵有认识他的不？

好！

时间在嘀嗒流淌，希望与失望在水之流动中送来起起落落的消息，原来雪地上的那个空白处暗藏了太多的不确定性，似乎易现的人或物，还没被人看清晰，很快就被仓皇的日光融化了。又到午餐时候，手机里传来重庆兵的语音——联系上当年守仓库的一个老班长，可人家记忆中没有我们要找的人名。老班长反问，是不是我们把名字弄错了？关于他的名字，我和重庆兵绝不怀疑自己的记忆。随即重庆兵又按我提及的人物，找到了连队的罗排长，原来仓库里有个协理员是罗排长的老乡……重庆兵语重心长地说，这下放心了，老兵，一定能找到此人，因为他真实地存在于我们的世界，我们的回忆绝不会虚妄。

人与岁月，好比风与坚冰，经不起的往往是等待，风如刀的分分秒秒，针对一个未知的答案，刀刀都是霸道的催化。重庆兵催促我给罗排长打电话，我想如果太急会给找寻者心里带来压力和猜忌。我看似在默默地等待罗排长的答复，其实内心已陷入焦急不安。

傍晚时分，原本打算在办公室多写几行字，可一个年轻警察的来电破坏了计划。我得去赴他们在陕西街串串香的约见。刚落座，就看见重庆兵的未读微信：人，有这个人，是天津市人，罗排长亲自送他退伍的，准确地方已不太清楚。名字是我们一致提到的那个名字。罗排长的老乡因搬了几次家，当年与那人的合影一张也没有了，你只好看通过其他办法是否可以找到他。

我的头感觉顿时坠入酒杯里的大海，有一点晕，饭桌上的任何话题，都提不起兴趣。一个快要来到眼前的故事，像一块没有经文的嘛呢石就这样从雪地的空白处，一点点地蒸发掉。情急之下，便将尚未结束的此文，发给了那个年轻警察。同时，我也将它发给了那位帮忙寻找的年长朋友。看了文章后，朋友说肯定不是你说的照片上那个人，如果真的是他，分别再久，都能认出来的。接着，年轻警察也传来一张黑白照片，问我是不是此人？

我看了又看，似像非像。于是顺手将他转发给重庆兵，结果只有绝望的两个字：不像。

年轻警察很快找到一个电话号码，并且在电话里对我欢呼：应该不会错，祝贺你们战友团聚。我毫不客气地拨通那个电话——对方当过兵，是没错，只是他没在西藏当兵，人家在首都北京当兵。如此美丽巧合，给找寻不经意涂上一抹没有谜底的色彩，看似不存在什么差别的人，原来差别却这么的大！一块嘛呢石已不可挽回地消失于雪地，除了回忆，我拿什么去填补空白？雪下得那么深，回忆那么真，对于有些人，回忆的形式意味着找寻的途径，找寻不过是回忆的旅程。倘若，那个人始终杳无音讯，找寻者只可能在空白处原地踏步，他就像在等待一个雪人。或许还会有那个人的照片传来辨识，唯恐花非花，雾非雾，西藏纵然回得去，可我们无法再用青春的方式投奔。青春究竟去了哪里？

雪地上的空白，容不下任何解释。

雪依然在下，伫立雪中的我，面对独自空旷的往事现场，呆愣了很久，眼前幻化出这里曾经发生过的一切，想了又想：这里是雪域江南呀！每一个出现在这里的异乡人都带走了一片雪的苍茫。是什么原因让他们在一朵雪花追赶的时间里集体迁徙了呢？如今他们都像天空散落的雪粒，在何方凝固，又将以怎样的方式融化？如果他也像我一样迁徙到了这城市的高楼中，是否习惯身边车来车往的喧嚣？在雪地里撒野的青春，会怀念他曾经微闭双眼手捧雪蛋子的雪域江南吗？雪中的世界感觉一片清亮，万物都在天地缓慢的呼吸中静静生长。而转身后的尘世，月光再也没有让我看清一次它的清辉，只有梦中萦绕雪落的声音，停在寂静处……

跨越二十多年的雪山长河，究竟谁还能一眼认出谁？如果现实让我找不见童话，只愿身处空白的你，仍觉雪地美好！

责任编辑：王佳慧　胡一鸣
责任印制：冯冬青
封面设计：中文天地
唐卡作品：夏吾扎西
书名翻译：温浚源

图书在版编目（CIP）数据

藏地孤旅 / 凌仕江著 . -- 北京：中国旅游出版社，2021.4

ISBN 978-7-5032-6677-5

Ⅰ.①藏…　Ⅱ.①凌…　Ⅲ.①游记—作品集—中国—
当代　Ⅳ.① I267.4

中国版本图书馆 CIP 数据核字（2021）第 038854 号

书　　　名：藏地孤旅

作　　　者：凌仕江　著

出版发行：中国旅游出版社
　　　　　（北京静安东里 6 号　邮编：100028）
　　　　　http://www.cttp.net.cn　E-mail：cttp@mct.gov.cn
　　　　　营销中心电话：010-57377108，010-57377109
　　　　　读者服务部电话：010-57377151

排　　版：北京中文天地文化艺术有限公司

印　　刷：北京金吉士印刷有限责任公司

版　　次：2021 年 4 月第 1 版　2021 年 4 月第 1 次印刷

开　　本：889 毫米 ×1194 毫米　1/32

印　　张：6.5

字　　数：139 千

定　　价：49.80 元

ISBN　978-7-5032-6677-5